MAX BRONSKI

SCHNEEKÖNIG

KRIMINALROMAN

DROEMER

Besuchen Sie uns im Internet:
www.droemer.de

FSC
www.fsc.org
MIX
Papier aus verantwortungsvollen Quellen
FSC® C083411

Originalausgabe November 2018
Droemer Taschenbuch

Ein Imprint der Verlagsgruppe
Droemer Knaur GmbH & Co. KG, München

Covergestaltung: ZERO Werbeagentur, München
Coverabbildung: Arcangel Images / Alexandre Cappellari;
FinePic / shutterstock
Satz: Adobe InDesign im Verlag
Druck und Bindung: CPI books GmbH, Leck
ISBN 978-3-426-30611-6

2 4 5 3 1

Münchner-Kindl:
Lasst euch vom Kasperl nur nicht irremachen;
Ich brauch' ihn wohl bisweilen, sollt ihr lachen;
Doch alles in der Welt hat seine Zeit,
Das alte Sprichwort sagt: Auf Leid kommt Freud'.
Er ist ein guter Narr, doch etwas ungeschlacht;
Nehmt's ihm nicht übel, wenn er Späße macht,
Die etwas derb sind – er meint's gut
Und ist ein Bürschlein von gesundem Blut.
Und nun beginn' das Spiel, mög's euch gefallen,
Damit Ihr oft erscheint in diesen Hallen!

Franz Graf von Pocci,
Prolog zur Eröffnung des Marionetten-Theaters

Da sprach Maria zu dem Engel:
Wie soll das zugehen,
da ich von keinem Manne weiß?

Lukas 1,34

1

Schwer zu sagen, was den Ausschlag gegeben hatte. Mit biologischen oder veganen Waren konnte ich nicht punkten, ein Stammbeschicker mit über fünfjähriger Zulassung war ich auch nicht. Und doch hatte ich es schon mit meiner ersten Bewerbung auf den Christkindlmarkt geschafft. *Altbairische Weihnachtsantiquitäten,* das klang gut und überzeugte, wenn man nicht jedes Wort auf die Goldwaage legte. Besser als mit dem Christkindlmarkt konnte ein Tandler in München nur dann abschneiden, wenn er eine Oktoberfestzulassung ergatterte, aber Trödel, wie ich ihn führe, trägt der Besucher bereits am Leib, er kauft ihn nicht mehr draußen auf der Wiesn. Meine Bude stand direkt am Marienplatz in letzter Reihe vor dem Donisl. Dass hinter einem geheizt wurde, machte sich normalerweise angenehm bemerkbar. Heute allerdings half auch das nichts mehr.

Sobald es dunkel wurde, kam mein Geschäft zum Erliegen. Leute hatte ich nur deshalb noch vor meiner Theke stehen, weil nebenan eine Bratwurst- und Glühweinstation aufgebaut war, aber die würdigten meine Ware keines Blicks, wandten mir den Rücken zu und hielten sich an ihren Porzellanhaferln fest. Abends lassen sich Touristen, Lauf- und Stammkundschaft nur noch mit süßlichen Alkoholdüften und rustikalen Grillaromen einfangen. Deshalb stellte ich dreimal die Woche meinen Stand der Münchner Obdachlosenhilfe e. V. zur Verfügung, die eine lebende Krippe veranstalten und dabei Spenden einsammeln durfte. Wahrscheinlich hatte mich diese schöne Idee in der Rangliste der Bewerber weit nach oben katapultiert.

Gegen siebzehn Uhr kam Vierthaler mit seinen Kumpanen, die in ihren langen speckig-abgetragenen Mänteln auch ohne Schlapphüte wie ein Trupp von Hirten aussahen. Die nötige Ausstattung karrten sie auf zwei Leiterwagen heran und begannen sofort, meinen Stand umzudekorieren. Strohballen, eine Futterkrippe, in die eine große nackige Puppe als Christkindl gelegt wurde, und vor allem eine Art Feuerstelle, um die herum die Hirten lagerten, eine Installation, die natürlich Vierthaler ersonnen hatte. Unten ein Grill mit Holzkohle, darüber an drei Stangen hängend ein Kessel, in dem sich warme Getränke für das Krippenpersonal bereiten ließen. Um den prosaischen Zweck zu kaschieren, warf Vierthaler von Zeit zu Zeit ein wenig Weihrauch in die Glut und verbreitete so rundherum sakrale Atmosphäre. Drei Hirten lagerten um die Feuerstelle, drei weitere schwärmten mit ihren Blechbüchsen als Spendensammler aus. Jede halbe Stunde vollzogen die beiden Gruppen einen Schichtwechsel, sodass sich jeder einmal wärmen und stärken durfte. Traditionell am Heiligabend ging der Christkindlmarkt und damit auch das Krippenspiel zu Ende, glücklicherweise, denn drei Weise aus dem Morgenland hätte man aus dem derangierten Trupp nicht rekrutieren können.

Eine halbe Stunde später stieg auch Roswitha, eine achtzehnjährige Rotkreuz-Schwesternschülerin, aus dem S-Bahn-Untergrund herauf und vervollständigte zusammen mit Hannes, dem Stationspfleger, die Familienaufstellung. Roswitha war als Maria eine Idealbesetzung, ihr blondes Haar hatte sie zu Stopselzieherlöckchen aufgedreht, der Umhang, den sie sich umlegte, war strahlend himmelblau. Wer sie sah, verlor sämtliche Zweifel an der unbefleckten Empfängnis Mariä und jungfräulichen Geburt Jesu. Hannes schlüpfte in einen Fellmantel und stützte sich auf einen Hirtenstab. Groß, wie er war, bildete er als Joseph eine ideale Kontrastfigur zur kindlichen Maria.

Der eigentliche Star unserer Truppe war jedoch der zwölfjährige Georg Reisinger, ein Ministrant, den wir uns von der Pfarrei St. Peter, der Kirche gegenüber, ausgeliehen hatten. Der Schorschi wurde von seiner Mutter pünktlich um neunzehn Uhr vorbeigebracht und war gekleidet, wie man sich international einen bayerischen Hütebuben vorstellte. Er trug Lederbundhosen, grob gestrickte Wollstrümpfe und Haferlschuhe. Auf dem Kopf saß ein spitz zulaufender Filzhut mit roter Kordel. Gegen die Kälte schützte er sich mit einem Lodenumhang, den der Bayer Kotze und der Österreicher gnädigerweise Wetterfleck nennt.

Schorschi rezitierte die Weihnachtsgeschichte, denn in Zeiten wie den unseren durfte man nicht mehr voraussetzen, dass sie allgemein bekannt war. Durch seinen herzigen bayerischen Vortrag mied man theologische Fallstricke und historische Glaubwürdigkeitsprobleme gleichermaßen elegant. Vierthaler schwenkte eine Glocke und holte das Publikum heran. Schorschi stellte sich vor der Bude auf. Er hob wie ein kleiner Hirte, dem gerade draußen auf der Weide die Engel erschienen waren, zu erzählen an. Der Kaiser Augustus habe eine Volkszählung angeordnet, und Joseph müsse sich nun mit seiner schwangeren Verlobten Maria nach Bethlehem aufmachen. Schon hier wurde klar, dass man ihnen mit einem solchen Zensus eine Gemeinheit zugefügt hatte, zumal einer schwangeren Frau, deren einzige Erleichterung auf dieser beschwerlichen Reise ein Eselchen darstellte. Unentschieden blieb, ob nun die Frau oder das Eselchen mehr zu bedauern waren. Und niemand fragte, wie es denn dazu kommen konnte, dass Maria, wiewohl nur verlobt, bereits schwanger war, und noch weniger, wie es zuging, dass nicht Joseph, sondern der Heilige Geist der Verursacher gewesen war.

Zu diesem Zeitpunkt der Erzählung überwog im Publikum der Frauenanteil bereits deutlich. Nicht wenige knüllten Taschentücher in ihren Händen, denn wie grausam das heilige Paar in den bethlehemitischen Herbergen abgewiesen wurde, ließ kein Auge trocken.

»Überall sind wir verstoßen, jedes Tor ist uns verschlossen!«

Das Drama strebte unumkehrbar seinem Höhepunkt zu. Es kam, wie es kommen musste, und so wurde das Kind ausgerechnet in einem Stall zwischen Ochs und Esel geboren.

»Maria wickelte ihn in Windeln und legte ihn in die Krippe«, deklamierte Schorschi.

Auf dieses Stichwort hin drehte Vierthaler das Licht, das unsere nackige Puppe anleuchtete, ein wenig heller. Was dann folgte, war gute bayerische Folklore: dass die Geburt des Erlösers von Engeln nicht in den Villen und Palästen bekannt gemacht, sondern dem einfachen Volk in Gestalt der auf dem Feld lagernden Hirten verkündet wurde.

»Fürchtet euch nicht! Siehe, ich verkündige euch große Freude, die allem Volk zuteilwerden soll; denn heute ist euch der Heiland geboren.«

Daraufhin hoben Vierthalers Mannen frohlockend die Hände, knieten nieder und begannen anzubeten. Der Chor der Engel mit ihrem *Gloria in excelsis Deo* war dann nur noch erzählerisch und nicht mehr darstellerisch zu bewältigen. Schorschi schloss seinen Vortrag mit dem Ausblick auf die Heiligen Drei Könige, jene drei Weisen, die sich im fernen Morgenland bereits auf den Weg gemacht hatten und bald eintreffen würden, um dem Kind ihre Geschenke darzubringen. Danach kämmten die Spendensammler nochmals das Publikum ab, und unsere schöne Veranstaltung näherte sich dem Ende.

An diesem Abend jedoch hatte keiner von uns Freude am guten Werk, denn wir wurden mit der Russenpeitsche traktiert, einem schneidend kalten

Wind, der durch die Theatinerstraße und ihre Verlängerung, die Weinstraße, blies. Nach Westen und Osten lag mein Stand gut geschützt, vom Süden kam ohnehin nur Lindes, aber die Flanke nach Norden war empfindlich offen. Wenn man sich von meiner Bude aus eine Gerade als Verlängerung Richtung Norden denkt, landet man über die Wein-, Theatiner-, Ludwig-, Leopoldstraße und die A9 geradewegs in Berlin. Entlang dieser Achse trieb es den sibirischen Frosthauch direkt zu uns in die Münchner Innenstadt hinein; wir froren elend, und unsere Gesichter färbten sich ungesund blau.

Vierthaler schuf Linderung. Er war der Ansicht, dass es dem sozial engagierten Trupp in Ausübung seiner Mission durchaus gestattet sein musste, Spesen zu machen. So verschwand er mit dem rustikalen Korb, den die Hirten, Geschenke symbolisierend, zu Füßen der Heiligen Familie platziert hatten, im nahe gelegenen Kaufhof und kam mit Wurstsemmeln und Hochprozentigem wieder. Später, als er mir einen Becher, frisch vom Kessel gezapft, reichte, merkte ich, dass aus Tee mit Rum Rum mit Tee geworden war. Ich bin beim Bier kein Kind von Traurigkeit, aber bei diesem Höllenpunsch zog es sogar mir die Füße weg. Später, als alles vorbei war, bauten wir ab, und Vierthaler drängte mir noch einen weiteren Becher dieses Gebräus mit dem Hinweis auf, dass es doch schade wäre, den guten Stoff wegzukippen.

Als ich mich dann auf den Weg nach Hause machte, stellte ich zum ersten Mal in meinem Leben fest, dass es vom Marienplatz Richtung Rindermarkt leicht bergauf geht, dahinter dann geradezu abschüssig zum Jakobsplatz hinunter, wo ich mich schließlich stolpernd den Unteren Anger entlangbewegte, an dessen Ende ich den Versuch unternahm, die vom Verkehr stark frequentierte Blumenstraße zu überqueren.

Abgelenkt vom Marionettentheater und in Kindheitserinnerungen an eine Aufführung vertieft, in der ein Riese drohte, die ganze Welt zu Klump zu hauen, es sei denn, man würde ihm endlich köstlichen kandierten Kürbis bereiten – eine Obsession, die mich bis ins Erwachsenenalter begleitete, weil mir niemand kandierten Kürbis bereiten konnte –, geistesabwesend also, sah ich Grün, wo vermutlich keines war, betrat die Fahrbahn, hörte ein durchdringendes Hupen, das mir wie ein Blitz in die Magengrube fuhr, und sah den rasch größer werdenden, silbrig polierten Kühlergrill eines Lastwagens auf mich zukommen. Dann tat es einen Schlag, ich flog in die Luft, und in mir zerriss etwas.

2

Ich war nicht mehr Gossec. Wir waren zwei. Dieser zerschundene, verkrümmte Leib da unten im Bett, in den unablässig arbeitende Apparate mit keuchendem Zischen ein Leben hineinpumpten, das ihm eigentlich nicht mehr zukam. Und ich hier oben, ein luftiger Geist, der wie angeleint über dem kümmerlichen Daseinsrest namens Wilhelm Gossec hing, weil sich niemand dazu verstehen wollte, die Geräte endlich abzuschalten, um mich himmelwärts streben zu lassen.

Doch dann schlug eine Glocke von irgendwoher vier, die nächtliche Stunde, zu der man sich peinigender Gedanken und körperlicher Attacken nicht mehr zu erwehren weiß, die Hüter des Lebens gaben mich endlich frei, und ich schlüpfte mühelos in ein milchig nebliges Milieu hinüber wie unter eine weiche Decke, wattig, aber ungreifbar wie eine Wolke. Wer auch immer ich jetzt war, ich verspürte keine Last und keinen Schmerz mehr, ich hatte alles abgestreift. Ich schwebte, war federleicht; ein sanft sich kräuselnder Luftzug hob mich empor und würde mich rasch aus dem Drama dieses Lebens entführen.

Von oben kam Musik, das musste der Himmel sein, dem ich mich näherte! Flirrende Engelschöre, pompöser Posaunenschall oder wogende Streicher? Nichts dergleichen, ich wurde mit einem Blues empfangen und verstand sofort, dass sich ein Leben wie meines keiner anderen Form als dieser fügte. Schmerz, Trauer, Enttäuschung, aber auch Streben, Hoffnung und Erfüllung – der Blues hat zum Auspinseln unseres Schicksals zwar nur eine Farbe zur Verfügung, die aber in allen Schattierungen von Nacht- bis Himmelblau. Wenn die Wolkenfetzen die Sicht freigaben, glaubte ich die Musiker wiederzuerkennen, alte schartige Kerle, denen ich irgendwo schon einmal begegnet war, auch wenn sie jetzt in ihren langen weißen Hemden aussahen, als kämen sie von der himmlischen Resterampe. Ein massiger Mensch saß breitbeinig am Schlagzeug und trommelte einen so lässigen, dabei wuchtigen Shuffle, dass es bis in die Unterwelt hinunterschepperte. Der glatzköpfige Slidegitarrist schaute schwermütig wie ein dunstverhangener Vollmond zu mir her und ließ seine Gitarre in metallischen Glissandi weinen und klagen, dass sich mein Herz zusammenzog. Der Rhythmusgitarrist, ein Rumpelstilzchen mit Tartarenkopf und in zu großen Stiefeln, hüpfte wie ein Hampelmann zwischen den beiden hin und her, der Bass wummerte und dröhnte, der Musiker selbst blieb hinter einer Wolke versteckt.

So ging es weiter himmelwärts, die Bilder wechselten, als passierte ich verschiedene Etagen, bis meine Reise plötzlich ins Stocken geriet, und ich wie ein Ballon unter der Decke hing. Ich kam nicht mehr vom Fleck, als stünde ich unentschieden zwischen Himmel und Hölle, festgehalten in einem Zwischenreich, weil der Geist die Erinnerung an den Körper und seine Existenz auf Erden nicht vollends abstreifen wollte. Etwas hielt mich. Ich sträubte mich, alles einfach loszulassen, denn nur jetzt, nur in diesem Moment des Übergangs, wo das Irdische noch nicht spurlos verblichen war, gab es die letzte Gelegenheit, eine Antwort auf die Frage zu erhalten, mit der ich mich zeitlebens herumgequält hatte.

Zweifellos trieb der Teufel, jene Spottgeburt aus Dreck und Feuer, in der Welt sein Spiel mit uns. Der Herr hatte ihn verstoßen und ihm das irdische Feld eröffnet. Aber wer hatte abgemacht, dass er sich so erfolgreich gegen die Guten behaupten durfte? Woher bezog dieser Kerl die unbändige Kraft, stets den Bösen, den Unverschämten, den Skrupellosen und Unbarmherzigen zum Sieg zu verhelfen? Warum schiss er nie auf den kleinen, sondern immer nur auf den größten Haufen? Warum blieb der Gutherzige der Depp?

Früher zu Zeiten des Alten Testaments wachte der Herr eifersüchtig, manchmal sogar kleinlich darüber, dass keiner vom Weg abwich, den er vorgezeichnet hatte. Auf Sodom und Gomorrha ließ er Schwefel und Feuer regnen, weil die beiden Städte nicht parierten. Das Böse wurde unnachsichtig ausgelöscht, wer zu viel wollte und raffte, bekam eins auf die Finger. Und den Guten gegenüber zeigte er sich alles andere als kleinlich. Dass sich Lots Töchter von ihrem Vater schwängern ließen, weil sonst kein Mann mehr übrig war, ging als Notinzest straflos durch. Und nun?

Hatte er das Interesse an uns verloren und uns als unbelehrbar aufgegeben?

Dieser Gedankenwurm nagte in mir wie eh und je.

Wem, wenn nicht ihm, konnte ich dieses Problem vorlegen? Mir war sofort klar, dass ich ein gefährliches Spiel betrieb: Wer im Begriffe steht, vor den Herrn hinzutreten, sollte besser Antworten statt Fragen haben, schon gar nicht solche, die an der Wohlgefügtheit des Weltenbaus zweifeln und selbst einen Heiligen um seine himmlische Existenz brächten. Dazu war das Streben nach Seligkeit bei mir nicht voll ausgebildet, denn schon beim bloßen Gedanken an das irdische Jammertal verspürte ich eine heftige Sehnsucht nach da unten.

Nach da unten? Als Geist war ich so unvollkommen wie schon als Mensch. Seit wann denken ätherische Geschöpfe in plumpen Gleichnissen wie in denen von Himmel oben oder Hölle unten? Illuminierten Seelen, predigte Prälat Gstettner, werde das Ewige unverhüllt und bilderlos zuteil, und sie seien sich darin genug! Das mit dem bärtigen Gottvater und dem Heiligen Geist als Taube könnten wir, wenn es ernst werde, getrost vergessen.

Ich versuchte angestrengt, mich in diesem Sinne dem Himmlischen zu öffnen, verhedderte mich aber immer mehr im Gestrüpp erdgebundener Überlegungen. Schließlich gestand ich mir ein, dass ich noch nicht einmal im Tod aus meiner Haut schlüpfen konnte.

Herrgottsakrament, außerdem hatte ich doch recht,

und wie! Gegen das Gschwerl, das sich bei uns in München herumtrieb, waren alttestamentarische Bösewichter nicht mehr als Waisenknaben! Bei solchen Argumenten würde sich nicht einmal er aus der Affäre ziehen können.

Ach du liebe Güte!

Dieser Seufzer stammte von Schwester Eremberta, die es schon damals im Kindergarten der Armen Schulschwestern kommen sah, dass sich bei mir ein schlimmes Ende andeutete. Mit einer Selbstdisziplin, die mir als kleinem Kerl den Schweiß auf die Stirn trieb, hatte ich zwei Fleißkärtchen erworben. Kaum war der Handel perfekt, kniff ich Erna in den Hintern und schmiss den dicken Karl in die Pfütze. Als mir Schwester Eremberta die Kärtchen wieder abnahm, seufzte sie, so einer wie ich werde mit seiner Ungebärdigkeit sogar den Himmel verwirken.

Tatsächlich, so war es! Ich wurde abgewiesen und hatte wieder einmal das sicher Geglaubte verscherzt! Bleischwer zog es mich nach unten, ich glitt in die Tiefe hinab.

3

Tiefer hinunter geht es nicht. In der Poccistraße in München jedenfalls nicht. Ich war im Schacht der U3 und U6 Richtung Implerstraße angekommen. Dort etwa zwanzig Meter hinter dem Bahnsteig in der schwarzen Röhre befand sich der Auslass, durch den man mich Arme Seele der Welt wieder zurückgab. Das zeugte von überlegenem Sinn und Verstand, denn mein Weg von dieser Haltestelle nach Hause beträgt gerade einmal fünf Minuten. Ich lugte über die Kante des Bahnsteigs. Auf dem drahtgeflochtenen Vierersitz hatte es sich ein Penner mit Decke bequem gemacht. Mit einem Schnalzlaut zog er die Bierflasche aus dem Mund und riss die Augen auf. Mehr an Erstaunen wollte er offenbar nicht preisgeben.

»Grüß Gott!«

So kannte ich mein München.

»Gern, wenn ich es je wieder nach oben schaffen sollte.«

Er legte die Decke beiseite, erhob sich ein wenig unsicher, stand dann aber doch wie eine Eins. Er streckte mir beide Hände entgegen, ich fasste sie und kletterte so aus dem U-Bahn-Schacht heraus. Ich klopfte mir den rußigen Dreck aus den Kleidern und musterte ihn.

»Was schaust du denn so?«

Herausfordernd erwiderte er meinen Blick und nahm einen Schluck aus seiner Flasche.

»Musst mir nichts erzählen, eine solche Predigt höre ich mir einmal wöchentlich drüben bei der Heilsarmee gegen ein warmes Essen an! Im Großen und Ganzen ...«

Seine großzügige Rundumbewegung, die er mit der flaschenlosen Hand umschrieb, umfasste alle hier unten verfügbaren Endstationen von Fürstenried-West bis Garching.

»... ist der Mensch an seinem Unglück selbst schuld. Dieses Jammertal haben wir uns selbst zuzuschreiben. Aber im Kleinen geht trotzdem ein bissel was.«

Ich überlegte, ob das eine Antwort auf mein Problem sein sollte oder nur Gefasel. Er leckte sich die Lippen.

»Hättest vielleicht ein paar Euro für mich?«

Ich griff in meine Tasche. Dort steckte ein Zehner. Er schob ihn ein und tippte an seinen Hutrand.

»Ich bin übrigens der Michi, falls du mich mal brauchst ...«

4

Als ich die Treppe zur Ruppertstraße hochstieg, verstand ich, warum sich Michi nach unten verkrochen hatte. Ein eisiger Wind pfiff und wirbelte Schneeflocken vor sich her. Ich klappte den Kragen meiner Jacke hoch und zog sie enger um den Leib. Aus *Walter's Schänke* schwallten zuckrige Weihnachtsschnulzen, als säße Johnny van Dyck persönlich an der Hammond-Orgel. Drinnen steckten zwei ältere Frauen ihre Säufernasen in Glühweinpötte. Eine blickte auf und winkte heftig. Ich erkannte Frau Loibl. Mir war in meiner momentanen Verfassung Gesellschaft jeder Art unangenehm, aber gegen die von Frau Loibl hatte ich eine solche Aversion, dass mein Gewissen einen U-Turn machte und auf der Gegenspur an mir vorbeipreschte. Mit anderen Worten: Ich betrat die Schänke, weil mir das am meisten zuwider war.

Frau Loibl war eine prekäre Existenz, sie lebte, von anderen als Kellerassel bespöttelt, bei uns im Souterrain. Das bisschen Geld, das sie hatte, verdiente sie sich schwarz als Putzfrau. In ihrer Gegenwart fühlte ich mich stets mies und war von einem brutal schlechten Gewissen geplagt, weil sie mich so abstieß und ich sie auf Teufel komm raus nicht leiden konnte. Deshalb waren Begegnungen mit ihr eine harte Prüfung.

»Die Vroni hätte ein Hauszelt!«

Diese Gesprächseröffnung war überraschend originell, wer dachte mitten im Winter an Camping? Die Vroni genannte Kumpanin nickte mit bedeutungsvollem Besitzerstolz.

»Aha!«

Frau Loibl klopfte auffordernd auf den Stuhl neben sich. Halbherzig, mit nur einer Arschbacke setzte ich mich.

»Ja haben Sie es denn noch nicht gehört? Von unserem Haus?«

Ich schüttelte den Kopf. Frau Loibl und Vroni agierten jetzt als eingespieltes Duo. Die eine redete, die andere übersetzte alles in die übertrieben grimassierende Gebärdensprache von Betrunkenen.

»Da ist einiges im Busch. Einiges!«

»Was denn?«

Sie beugte sich ganz weit vor. Ihr Atem roch, als habe jemand den Deckel des Glühweintopfs gelüftet.

»Sanierung.«

Am Nebentisch wandte sich ein älterer Mann in einem graublauen Anorak, der früher einmal strahlend blau gewesen musste, zu uns um und nickte. Das war Herr Sinzinger, der irgendwie irgendwo bei Frau Loibl einquartiert war, auch wenn niemand verstand, wie das zugehen konnte. Sinzinger hielt in der Öffentlichkeit Distanz zu seiner Quartiergeberin und tat so, als sei er der steinerne Gast. Er redete nur in Notfällen, bei Bestellungen zum Beispiel, wenn sein Herrengedeck zur Neige ging, das bei ihm aus einem rüden Rotwein, dem *Bärenheber,* wie ihn Wirt Walter ausschenkte, und einem Klaren bestand. Unter dem Tisch lag Rasso, ein einäugiger Schäferhund, mit dem sich Sinzinger osmotisch durch Handauflegen verständigen konnte.

»Da, wo unsere Wohnung ist, kommt ein Aufzug hin«, sagte Sinzinger und rieb sich die Nase, als wolle er eine Prise Schnupftabak einarbeiten.

Ich kannte unser Haus und wusste nicht, woher man solche Parolen hätte beziehen können, merkte aber, dass ich dieser Sache heute Abend nicht mehr auf den Grund gehen wollte. All diese undeutlich gelallten Einlassungen taten mir regelrecht körperlich weh. Ich fühlte mich zerrissen, mir war, als sei draußen unter der Laterne mein Schatten stehen geblieben und warte darauf, dass wir endlich weitergingen.

»Langwied«, sagte Frau Loibl. »Der Campingplatz ist ganzjährig offen. Da hast du den See in der Nähe, Toiletten, Duschen, Waschmaschine – alles da!«

Vroni grimassierte immer noch.

»Und jeden Morgen frische Semmeln im Camping-Shop«, ergänzte Herr Sinzinger.

»Perfekt! Ich muss jetzt aber leider …«

Es ging einfach nicht mehr, ich stand auf.

»Ich komme gelegentlich unten bei Ihnen vorbei. Das besprechen wir ein andermal!«

Rasch verließ ich die Schänke und lief außer Sichtweite. Ich konnte das einfach nicht ertragen. Man kommt aus dem Jenseits und stolpert in die Gesellschaft dieser Säufernasen. Der Plan für heute Abend musste ein anderer sein!

5

Mit klopfendem Herzen bog ich in die Fleischerstraße ein. Was für derbe Scherze hatten sich die da oben ausgedacht? Gab es Gossecs Antiquitäten überhaupt noch? Doch dann sah ich ihn schon: Der frische Schnee vor meinem Laden spiegelte das warme, gelbe Licht aus dem Schaufenster. Auch meine beiden Buchsbäume samt Lichterketten hatte jemand auf dem Gehsteig aufgebaut.

Die Straße war leer. Vom Südbahnhof wehte das Rattern von Güterwaggons herauf. Dann war nur noch das Knirschen des Schnees zu hören, in dem ich mit meinen kräftigen Sohlen Waffelmuster hinterließ. Ruhe steht dem Winter gut an, der Schmutz und die Schrunden der Stadt verschwinden unter einer weißen Decke.

Der Welt wiedergegeben! Ich sog die klare Luft ein, aber Friede wollte sich nicht einstellen. Etwas ballte sich über mir zusammen. Ich nahm noch nichts wahr, aber schließlich spürte ich jemandes Angst, als hätte ich mit feinem Geruchssinn eine Fährte aufgenommen. Ich blieb stehen und sah mich nach allen Seiten um. Am Straßenende vor der Teestube der Obdachlosen stand ein Paar, auf den Stufen über ihnen gestikulierte einer. Schnell verstand man: Er hatte sie hinauskomplimentiert und wollte sie loswerden. Sein Bedauern war dick aufgetragen, er zuckte die Achseln bis zu den Ohren hoch und zeigte hinter sich, offenkundig Richtung Klinikviertel. Der abgewiesene Mann öffnete seinen Mantel, legte seinen Arm um die Schulter seiner Begleiterin, um ihren Rücken zu wärmen, fasste sie unter und ging mit ihr, nein!, stützte und schleppte sie in kleinen Schritten über die Straße. Trotz der Entfernung vernahm ich das Wimmern der Frau so deutlich, als wäre sie neben mir. Rasch trat ich aus dem Dunkeln in das Schaufensterlicht meines Ladens, hob die Arme und winkte sie heran. Langsam und mühevoll arbeiteten sie sich vorwärts. Ich lief ihnen entgegen, um zu helfen. Der Klagelaut der Frau verdeutlichte sich zu einem Stöhnen, das immer wieder von hechelnder Atmung unterbrochen wurde. Sie stand endlich, eingehüllt in einen weiten schwarzen Mantel, vor meinem Laden und stützte sich vornübergebeugt mit beiden Händen an der Mauer ab; dann hob sie kurz ihren Kopf. Ein flehentlicher Blick traf mich.

»Bitte helfen Sie uns!«

Ich sperrte den Laden auf.

»Schnell!«

Ich umfing die junge Frau, um sie hineinzubugsieren, da merkte ich, dass sie außerstande war, sich zu bewegen. Sie begann zu weinen. Daher nahm ich sie kurzerhand auf den Arm, trug sie hinein und legte sie auf das Sofa in meinem Schlafzimmer. Während ich ihr die Schuhe auszog, mühte sie sich aus dem Mantel. Darunter hatte sie ein Kleid an. Ihr Bauch stand weit vorgewölbt, die Strumpfhose war an den Oberschenkeln nass.

»Die Fruchtblase ist schon geplatzt.«

Spätestens jetzt wusste ich Bescheid. Ein tiefes Stöhnen, das von einer fremden anderen zu stammen schien, entrang sich ihr. Sie sank auf das Kissen. Ihr Begleiter war hinter uns hergetaumelt und hielt sich am Türpfosten fest, die Augen weit aufgerissen, das Gesicht schreckensbleich. Ich verstand sofort, dass er zu denen gehörte, die angesichts von Blut und Ausscheidungen aus den Latschen kippten. Mit ihm war nicht mehr zu rechnen. Ich wies auf die Chaiselongue, die ich im Laden stehen habe. Unentschlossen und steifbeinig ging er zurück, setzte sich dann, starrte apathisch vor sich hin und schlug die Hände vor das Gesicht. Um ihn konnte ich mich jetzt nicht auch noch kümmern. Ich rannte an meinen großen Garderobenschrank, um Handtücher und ein sauberes Bettlaken zu holen. In der Spiegeltür begegnete ich mir selbst.

»Reiß dich zusammen, Mann!«

Mit der flachen Hand schlug ich mir mehrmals auf den Kopf, raffte die Sachen zusammen, angelte mir vom Badregal noch das Desinfektionsspray und ging wieder ins Schlafzimmer hinüber. Als ich das frische Betttuch unter ihr durchschob, merkte ich, wie sich ihr Bauch in Krämpfen zusammenzog. Wieder traf mich ihr schmerzvoll verzweifelter Blick. Ich hatte furchtbare Angst; sie war so jung, so schmal, und ihr Leid traf mich ins Mark.

»Hey, Mädel, hör zu!«

Ich gab ihr einen Klaps auf die Wange.

»Wir machen das! Klar?«

Sie nickte. Der Wehenschmerz fuhr über ihr Gesicht.

»Was zu trinken, bitte!«

Ich holte aus der Küche ein Glas Wasser und setzte es ihr an den Mund. Dabei ließ ich vor meinem geistigen Auge das Regal Revue passieren, in dem ich mein Angebot an antiquarischen Büchern präsentierte. Es war eine Eingebung, denn ich war nicht sicher, ob ich das Gesuchte überhaupt noch vorrätig hatte, das Handbuch für gynäkologische Notfälle. Ich sprang auf.

Treffer! Ich schlug es hastig auf und blätterte mich vor.

»Tief atmen«, dirigierte ich sie. »Der Bauch muss sich heben und senken. Aber ganz langsam.«

Ich legte meine Hand auf ihre Bauchdecke, um sie zu unterstützen. Sie gehorchte und atmete tief und langsam. Wieder dieses dunkle Stöhnen. Ich tastete die Krämpfe ihrer Wehen mit meiner Handfläche. Dann schrie sie laut auf.

Phase zwei, sagte mein Buch. Ich stellte ihre Beine auf das Sofa und spreizte sie weit auseinander. Sie presste. In ihrem Gesicht zeichnete sich die Anstrengung ab. Dann erschien zwischen ihren Beinen ein nasser, schwarzer Haarpelz. Der Kopf des Kindes! Ich fasste zu. Ein puterrotes, zerknittertes Wesen glitt heraus, das ich auffing. Ich wischte das Neugeborene ab und wickelte es in das Handtuch.

»Liegen bleiben! Auch das Kleine so lassen!«

Ich holte aus der Küche eine Schüssel, um die Nachgeburt aufnehmen zu können. Phase drei, sagte mein Buch. Schnürsenkel hatte ich nicht vorrätig, wohl aber glatte Schnur zum Packen. Vorsichtig tastete ich die Nabelschnur, die wie ein weißes Stück Gartenschlauch aussah, und stellte fest, dass der Puls in ihr bereits kollabiert war. Ich band sie an zwei Stellen ab und schnitt sie durch.

»Herzlich willkommen«, sagte ich.

Ich hob das Kleine hoch und legte es der Mutter auf den Bauch. Dann deckte ich beide zu.

»Es ist ein Junge!«

Ihr Gesicht glänzte schweißfeucht. Sie nickte erschöpft, nun aber glücklich. Ich drehte den Gasofen etwas höher, sonst würde es den beiden zu kalt werden.

Die unguten Vorahnungen, nach denen die himmlische Regie ein strenges Regiment für Büßer und Asketen an mir durchexerzieren wollte, waren wie weggeblasen, als ich den Kühlschrank öffnete. Eine willige Riege goldköpfiger Weißbiere stand ordentlich aufgereiht. Die Anstrengung, die Angst, die Hitze! Ach, was hätte man nicht alles noch anführen können, um sich dafür zu entschuldigen, dass der erste tiefe Schluck einfach schmeckte und wohltat. Wäre der Himmel dem Weißbierkonsum nicht zugeneigt, hätte er nie einen Mönch zum Erfinder der Braukunst werden lassen!

Dann fiel mir der Mann wieder ein. Er lag immer noch auf meiner Chaiselongue, zur Hälfte jedenfalls, denn sein Oberkörper war seitlich weggeknickt, aber seine Füße standen noch auf dem Boden. Er atmete, ich fühlte seinen Puls, alles war in Ordnung. Er hatte Abschied von der bedrängenden Realität genommen und war aus Angst und Erschöpfung in einen ohnmachtsähnlichen Schlaf gesunken. Ich hob seine Beine auf das Lager und deckte ihn zu. Sein Haar war blond, an den Schläfen jedoch von Grau durchsetzt, und auch unter den Augen hatten sich bereits Falten eingegraben. Er war deutlich älter als seine Partnerin, etwa zwanzig Jahre, schätzte ich.

6

Der Arzt wusch sich in der Küche die Hände. Ich hatte bereits drei Goldköpfe versenkt und befand mich in einem Zustand seliger Gelassenheit.

»Mehr Glück als Verstand. Aber das wissen Sie ohnehin.«

Ich nickte.

»Hätte schiefgehen können. Sollte aber nicht!«

»Warum will sie denn nicht in die Klinik?«, fragte der Arzt.

Ich zuckte die Achseln. Das hätte ich auch gerne gewusst.

»Angst vor der Apparatemedizin. Wenn du einmal dranhängst, kommst du nicht mehr weg davon.«

Er nahm das angebotene Handtuch und trocknete sich die Hände.

»Blödsinn. Überlegen Sie mal, was Mutter und Kind alles hätte zustoßen können. Dass die beiden so wohlauf sind, ist ein Wunder.«

»Da haben Sie jetzt wieder recht. Muss man noch irgendetwas tun?«

»Die Blutprobe für das Screening von dem Kleinen habe ich. Die Ergebnisse können Sie in meiner Praxis nachfragen. In ein paar Tagen. Ansonsten: Ruhe, Schlaf, gutes Essen …«

Er reichte mir ein Papier.

»Hier die Geburtsbescheinigung.«

Ich warf einen Blick darauf. Danach hieß der Kleine Joshua, ein bei uns ziemlich unüblicher Vorname. Der der Mutter war mit Mariella angegeben, der des Vaters lautete überraschenderweise Wilhelm, und somit war der Nachname meines Sohns ebenfalls Gossec. Ich staunte. Damit war ich schlagartig zum Leitwolf eines Familienrudels geworden.

7

Tut mir leid, dass ich dem Arzt etwas vorschwindeln musste, aber er hätte mich sonst wegbringen lassen. In die Klinik, ins Heim, was weiß ich«, sagte Mariella.

Ich setzte mich auf die Bettkante. Für die beiden hatte ich mein Schlafzimmer geräumt und mich nach nebenan auf mein Klappbett verzogen, ein französisches Feldmodell, an dessen Konstruktion sich seit Napoleons Zeiten und seinem Minutenschlaf auf der Flucht vor den preußischen Grenadieren nichts Wesentliches verändert hatte. Für Mutter und Kind war alles in appetitlichen Farben frisch bezogen. Mariella lag aufgebockt auf Kissen, der Kleine neben ihr schlief. Dabei drehte er ständig seinen Kopf, seine Ärmchen zuckten, und man konnte nachvollziehen, wie er das Trauma seiner Geburt zum wiederholten Mal erlebte.

Eigentlich hatte ich ihr ins Gewissen reden und sie ausfragen wollen, aber es roch so gut um Mutter und Kind herum. Die Natur hatte zu ihrem Schutz einen hormonellen Zaubertrank zusammengemixt, der aus jedem Säbelzahntiger ein schnurrendes Katerchen gemacht hätte, ein verführerisches Elixier, das vom warmen Herd und unserem Sehnen nach ihm erzählte. Draußen in der Küche hatte ich mir noch so einiges an Vorwürfen zurechtgelegt, in ihrer Nähe war alles verflogen.

»Und zu Hause wartet niemand auf dich? Eltern, Verwandte?«

Mariella schüttelte den Kopf.

»Und der Vater des Knaben, der da drüben auf meiner Chaiselongue liegt?«

»Joschka? Er ist nicht der Vater. Aber bitte lass das jetzt so stehen! Ich werde dir alles einmal genau erklären, nur jetzt nicht.«

Sie legte ihre warme Hand auf meine, die mir in diesem Moment so kalt und schrundig wie eine Drachentatze vorkam. Dass eine Frau kurz nach der Geburt wie einem Katalog entsprungen aussieht, konnte man nicht erwarten. Aber die blasse, angegriffen wirkende junge Frau umgab eine Aura von verletzlicher Schönheit, die mich tief berührte.

»Kann ich denn noch eine Weile hierbleiben?«

»Aber sicher.«

Vielleicht war dies ja der große Plan, der hinter meiner Rückkehr aus dem Himmel steckte.

»Dafür bin ich doch da«, sagte ich, der in seinem früheren Leben Gossec, der Zerstörer, gewesen war.

Mariella lächelte mich an. Ich zog die Schlafzimmertür leise hinter mir zu und ging hinüber in die Küche. Beim Kochen ließ sich gut überlegen, was nun als Nächstes dringlich zu erledigen war. Der Kleine war gänzlich unversorgt, hatte weder Windeln noch Hemd. Wie gut wäre es doch, Hilfe zu haben!

8

Die Glocke an der Ladentür ging. Ich zog die Schürze aus, die ich zum Kochen angelegt hatte, und wischte meine Hände ab. Aber schon stand Julius in der Küche, Freunde hatten keine Umwege nötig. Meine Freude, ihn wiederzusehen, war groß, ich umarmte ihn. Sein glatt geschorener Schädel, seine ständig verschmierte Brille und seine Apfelwampe würden mir überall fehlen. Nachlässig klopfte er mir auf die Schulter.

»Alles gut?«

Ich musterte ihn. Dass ich bis vor Kurzem das Zeitliche gesegnet hatte, schien er nicht bemerkt zu haben. Genau genommen verhielt er sich so, als hätten wir uns gestern Abend zuletzt gesehen. Glücklicherweise. So musste ich nichts erklären, was ich ohnehin nicht begreiflich machen konnte. Er deutete mit dem Daumen zur Tür hin; jetzt erst bemerkte ich, dass er dort zwei Kartons abgestellt hatte.

»Einmal Windeln, einmal Erstausstattung.«

»Erstausstattung?«

»Kommt von meiner Nachbarin. Ihr Kind ist jetzt zwei Jahre alt. Sie meinte, dass da sicher einige brauchbare Teile dabei sind.«

Er öffnete den Kühlschrank, griff sich ein Weißbier und entkorkte es zischend. Dabei vollführte er einen leichten Kick mit der Hüfte, gerade fest genug, um den Verschluss einrasten zu lassen. Auch ein Bewegungstalent erlernte dergleichen nicht von heute auf morgen, dahinter stand beharrliches Training.

»Wie geht es den beiden?«

»Gut soweit. Sie schlafen.«

»Und der da drüben auf der Chaiselongue?«

»Ihr Freund, ihr Lebensgefährte – keine Ahnung. Ich weiß noch nicht einmal, ob er Joshuas Vater ist. Jedenfalls war er bei ihr und hat sie hierhergebracht.«

Wir stießen an.

»Isst du mit?«

Julius klappte die Brille hoch und schaute zum Herd hinüber.

»Was gibt es denn?«

»Kalbsfrikassee mit Reis und Erbsen. Nur mild gewürzt wegen des Stillens.«

»Wenn du eine Kelle übrig hast!«

Ich wandte mich den Kochtöpfen zu. Vor einiger Zeit hatte ich mich mit Emma, meiner früheren Freundin, verabredet. Wenn der Kalender noch so funktionierte, wie ich ihn kannte, fand dieses Treffen in den nächsten Tagen statt. Aber offensichtlich galten solche alltäglichen Gewissheiten nicht mehr.

»Hast du was von Emma gehört?«

Ich fand es klug, mich zunächst bei Julius nach ihr zu erkundigen. Die beiden telefonierten des Öfteren miteinander. Man hatte dann eine Orientierung und tappte nicht gleich in den erstbesten Fettnapf.

»Reiß dich am Riemen, Mann! Ehrlich gesagt, ist das kein besonders guter Zeitpunkt, schon wieder an

Weiber zu denken. Bring erst mal deine häuslichen Probleme in Ordnung!«

Ich verstand. Mein Auftrag war dann doch eher mönchischer Art, ein Rendezvous mit meiner ehemaligen Gefährtin wollte mir der Himmel nicht spendieren.

9

Drei Tage lang schneite es unentwegt. Es war, als solle der ganze Schlachthof unter einer weißen Haube verschwinden. Mir war es recht, einen bodenständigen Menschen wie mich treiben nur Notfälle oder Geschäfte in angrenzende Viertel, etwa nach Sendling oder in die Au. Nichts davon stand an. Die Versorgung der zusammengewürfelten Familie konnte ich mit einem Schlitten aufrechterhalten, mit dem ich hinüber zum Einkaufen ging.

Als ich zurückkam, entdeckte ich ein Kuvert, das jemand durch den Türschlitz in meine Wohnung geschoben hatte. Die Nachricht stammte von Tita Rockow, die über mir im zweiten Stock neben Riebl, unserem Hausbesitzer, wohnte. Tita war breitschultrig, trug Lederjacken und enge Jeans. Auf ihre Unterarme hatte sie sich Old-Style-Tattoos stechen lassen, links einen Anker, um dessen Schaft eine Kette geschlungen war, rechts ein von einem Dolch durchbohrtes Herz, so plastisch wie ein pralles rotes Nähkissen, mit dem Spruchband *Never again*. Wenn sie sommers im Hof ihr Motorrad zerlegte, erkannte man beidseitig an ihren Hüften Revolverknäufe, die so aufgebracht waren, als steckten die Waffen schräg in ihrem Slip.

Titas Fertigkeit, Motorräder zu reparieren, trug ihr die Bewunderung und Zuneigung von Riebl, dem

Altstenz, ein, der seine Garage mit Zündapp-Mopeds vollgestopft hatte. Der alte Mann erkannte und grüßte sie sogar dann, wenn ihn seine Altersdemenz am Wickel hatte und er umnachtet durchs Leben stolperte. Obwohl ich seit Jahrzehnten in diesem Haus wohnte, musste ich gewärtigen, dass er mich mit *Herr … äh* anredete. Riebls Anfälle waren beunruhigend, denn wir alle im Haus wussten, dass auf einen Hausbesitzer wie ihn nichts Gutes folgen konnte. Häuser in München wurden zu irrwitzigen Preisen gehandelt. Bei sozialverträglichen Mieten würde es mehr als hundert Jahre dauern, das Geld wieder hereinzubekommen. Aus diesem Wahnsinn wurde kein Geschäftsmodell. Jeder Vermieter verstand das sofort und reichte das Problem umstandslos an die weiter, die in seinen Wohnungen hockten. Riebl war anders. Schon deshalb kümmerten wir uns um ihn, und wenn es darauf ankam, legten alle Zeugnis davon ab, dass der Alte topfit und geistig erstaunlich rege war. Seine Defizite versuchten wir durch unseren Einsatz aufzufangen. Tita hatte Sonderrechte und durfte jederzeit in seine Wohnung. Das war bei so alten Schlössern weiter kein Problem, denn unsere Schlüssel funktionierten wie Haken und öffneten auch jede andere Tür im Haus.

Ihre Nachricht war kurz und bündig: *Ich muss dich sprechen. Dringend!* Worum es ging, ahnte ich. Offenbar steckte Riebl wieder in einer Krise.

Ich lugte ins Schlafzimmer, Mutter und Kind ruhten friedlich nebeneinander. So nutzte ich die Gelegenheit, oben vorbeizuschauen. Die Wohnung war nicht angenehm temperiert, sondern brutal hochgeheizt, sodass die Schneeflocken draußen schon im Vorbeifliegen schmolzen. Tita war ganz leger, sie trug ein ärmelloses T-Shirt und Leggins. Verständlich; wer sich Tattoos hat stechen lassen, möchte sie auch im Winter gerne mal zeigen.

»Diesmal ist es echt ernst. Er liegt im Krankenhaus.«

»Das Übliche?«

»Das auch. Er ist dehydriert und fantasiert. Und sein Herz tut es nicht mehr richtig. Draußen gibt es noch Kaffee, wenn du willst.«

In der Küche röchelte eine Kaffeemaschine und entledigte sich in Dampfstößen ihrer Restfüllung. Tita schaukelte währenddessen. Von der Decke hing ein eiförmiger Korbsessel, den sie mit Kissen ausgestattet hatte und in dem sich außer ihr nur ein Bär mit Knopfaugen und abgewetztem Fell aufhalten durfte.

»Infarkt?«

»Das nicht. Sie sagen, er braucht eine neue Herzklappe.«

»Ist doch inzwischen Routine, soweit ich weiß.«

»Schon. Der Eingriff ist nicht das Problem, mehr die Narkose und das Durchgangssyndrom hinterher. Könnte sein, dass einer wie er dann nicht mehr zurückkommt.«

Tita kannte sich mit solchen Eingriffen, den pflegerischen Maßnahmen und Folgen aus, sie war Berufsbetreuerin.

»Übermorgen wird er operiert.«

»Woher weißt du das so genau?«

»Er war so klug, mich per Gericht als Betreuerin einsetzen zu lassen. Seine Tochter lebt ja auswärts. So bin ich nun für die Gesundheits- und Vermögenssorge bei ihm zuständig.«

Tatsächlich eine kluge Wahl. Unter hundert Prozent machte es eine wie Tita sicher nicht.

»Kann ich irgendwas tun?«

»Beten, wenn du daran glaubst. Ich kümmere mich schon. Das Problem lauert im Hintergrund. Wenn es schiefgeht mit ihm, sind wir dran. Seine Tochter war hier. Dass ich die Krankenhaussachen abwickle, findet sie natürlich gut. Das Vermögen hätte sie lieber selber im Griff behalten. Aber Riebl hat das ja ausdrücklich gewünscht, und dann widerspricht da kein Gericht.«

»Was hat sie vor?«

Ihr dicker Kater strich um meine Beine. Jetzt hieß es vorsichtig sein, das Vieh war eklig. Es kratzte und biss hemmungslos. Am liebsten hätte ich diesem Untier einen Tritt verpasst, es hatte mir schon einige Blessuren zugefügt. Aber Kater Dickie war nicht verhandelbar. Draußen an der Haustür gab es eine Klappe, durch die er jederzeit aus und ein konnte. Abends im Hof hatte mir Tita bei einem Sommerbier verraten, dass in ihr Bett nur dürfe, was durch diese Klappe passe. Also zog ich die Beine an und stellte die Füße auf der Sitzfläche des Stuhls ab. Tita zog die Augenbrauen hoch und betrachtete missfällig meine Stiefel.

»Dickie tut dir nichts. Er ist ganz harmlos.«

»Ich weiß. Aber Riebls Tochter, was könnte sie uns tun?«

»Ihr Erbe in spe vergolden, was sie doch alle vorhaben. Statt bei ihrem Vater Händchen zu halten, ist sie mit einer Bekannten durchs Haus gestrichen, einer Spezialistin für Sanierungen. Kannst du dir mal angucken, da auf dem Tisch liegt ihre Karte.«

Ich wusste, dass das ein Trick war, mich aus meiner sicheren Stellung zu locken. Aber irgendwann musste ich sie ohnehin aufgeben. Also stand ich auf und machte Anstalten, zum Tisch hinüberzugehen. Dickie fauchte, wischte mir eins mit der Tatze und verhakte sich dabei mit den Krallen in meinem Hosenbein.

»Aber Dickielein, Gossec tut dir doch nichts.«

Ich pflückte das Vieh von meinem Unterschenkel, packte es an der Nackenhaut und warf es hinüber zu Tita auf den Schoß. Dann griff ich mir die Visitenkarte auf dem Tisch.

»Habe neulich die Loibl und den Sinzinger getroffen, die mir etwas von einem Aufzug erzählt haben.«

»Wenn es nur das wäre!«

»Bin selbst erst dabei, mich kundig zu machen. Ein ganzes Paket: Bad, Toilette, Heizung ... Wäre gut, wenn auch du dich damit befasst.«

»Mach ich. Danke für die Info jedenfalls. Wo liegt er denn?«

»Im Herzzentrum.«

Danach fand ich noch Gelegenheit, mich um meinen Laden zu kümmern. Aber viel gab es nicht zu tun, meine Ware war genau so arrangiert, wie ich das zu tun pflegte. Pelz-, Leder- und Lodenmäntel hingen aufgereiht vorne an der Stange, bäuerliche Schnitzereien, im Zweifelsfall aus Oberammergau, antike Weihnachtsdeko und eine schön polierte Basstuba, die wegen ihres glänzenden Blechs ein Blickfang war, standen im Schaufenster. Ich staubte ein wenig ab und schichtete um, sodass alles seine Ordnung behielt. Mehr war nicht zu tun, denn Kundschaft kam bei diesem Wetter ohnehin nicht vorbei.

10

Um mich auf Stand zu bringen, was draußen in der Welt alles los war, hatte ich mir beim Einkaufen ein paar Zeitungen besorgt. Als ich den Lokalteil aufschlug, erschrak ich. Drüben in der Maiklinik waren zwei Säuglinge getötet worden. Ermordet, meldete die Zeitung. Ich studierte und verglich die Informationen mit denen in anderen Blättern, und danach stand fest, dass es sich um männliche Neugeborene handelte und der Tag der Geburt exakt mit dem des kleinen Joshua übereinstimmte.

Ein Unbekannter hatte unten am Empfang nach neugeborenen Buben gefragt, den Namen der Mutter habe er leider vergessen. Der Pförtner beschrieb ihn als dunkelhaarig und bleich. Auffällig seien sein langgezogener Schädel und eine herrische Ausdruckskraft gewesen, von der er sich habe einschüchtern lassen. Er sei dann mit dem Lift nach oben in die Station gefahren. Dort wurde ein Mann im Arztkittel und weißen Hosen gesichtet. Die Schwester, die ihn vom Aufenthaltsraum aus vorbeigehen sah, meinte, Dr. Wilke zu erkennen, wie so oft in dringenden Angelegenheiten in der Klinik unterwegs. Dr. Wilke allerdings war zu diesem Zeitpunkt zu Hause, außerdem ist er Glatzenträger. Unter dem Vorwand weiterer Untersuchungen holte der falsche Doktor die Kinder bei ihren Müttern ab. Diese wiederum meinten, Dr. Dering, einen Assistenzarzt mit Brille und lockigen Haaren, vor sich zu haben. Keiner derer, die dem Unbekannten begegnet waren, der scheinbar über die Wandelbarkeit eines Chamäleons verfügte, wagte, sich ihm zu widersetzen. Er verfügte über eine Ausstrahlung, die andere willfährig machte, und jeder sah in ihm die Person, die er sehen wollte. Der Unbekannte nahm die Babys an sich, trug sie in das Untersuchungszimmer und erstickte sie dort mit einem Kissen. Wenig später fand die Schwester die blau angelaufenen Leichname der beiden Kleinen.

Diese Tat entsprang dem absolut Bösen – mit dem Töten von Kleinkindern war jede kulturelle Grenze überschritten worden – und hatte daher in den Zeitungen großen Nachhall gefunden. Psychologen und Experten räsonierten, um der Grausamkeit wenigstens den Stachel des nicht Verstehbaren zu nehmen und sie in irgendein Handlungsmuster einzuordnen. Verschmähte Liebe, Unfähigkeit, eigene Kinder zu haben, Rache – warum aber wählte er dann zwei am selben Tag geborene Kinder als Opfer? Allen Beschwichtigungen zum Trotz waren die Morde einem kaltblütig durchgeführten Plan gefolgt und ließen sich mit keinem uns bekannten Affekt zur Deckung bringen.

Lange saß ich da und grübelte. Auf eine düstere Art und Weise war dieses Verbrechen an mich adressiert. Es war das Gegenstück zu dem, was ich getan hatte. Ein Ruf aus der Dunkelheit ins Helle. Ich hatte geholfen, ein Kind zur Welt zu bringen, dort drüben waren zwei zu Tode gebracht worden.

Wer sandte mir da eine Botschaft?

Heftig schüttelte ich den Kopf, um mich von solchen Überlegungen zu befreien. Man muss sich zunächst einmal an das Geschehen halten, bevor man schwarzmagische Verbindungen knüpft. Allerdings beschlich mich dabei der Verdacht, dass sich Mariella bedroht gefühlt oder wenigstens doch eine Ahnung gehabt haben könnte. Falls ja, war das Grund genug, die Klinik zu meiden.

Endlich ging ich zu ihr hinüber und setzte mich ans Bett.

»Könnte es sein, dass du in der Maiklinik zur Entbindung angemeldet warst?«, fragte ich sie.

»Ja.«

Nun wusste ich nicht recht weiter. Ihr von dem grausamen Vorfall zu erzählen, widerstrebte mir.

»Hör zu, Gossec«, sagte sie, »ich wollte mich an diesem Abend umbringen und war drauf und dran, mich drüben am Südbahnhof auf die Gleise zu legen. Aber Joschka hat ganz München abgesucht und mich letztendlich davor bewahrt. Zur Klinik haben wir es einfach nicht mehr geschafft.«

»Wo steckt der eigentlich? Ich gehe einkaufen, und plötzlich ist er verschwunden.«

»Weil ich ihn gebeten habe, mich alleine zu lassen, bis ich klarer sehe.«

Ich zuckte die Achseln.

»Du willst ihn also verlassen?«

»Gar nicht! Einen aufrichtigeren und verlässlicheren Menschen als ihn findest du nirgendwo.«

»Okay. Klingt aber nicht nach brodelnder Leidenschaft.«

Ihre Augen verengten sich zu Schlitzen. Sie sah aus wie ein Reptil.

»Uns geht es in einem anderen Sinn um Beziehung. Mehr geistig.«

»Was heißt das? Nicht anfassen, nur drüber reden?«

»Ein affektgesteuerter Mensch wie du versteht das nicht. Ich will mich da auch nicht groß rechtfertigen müssen. Aber Sex bedeutet uns nichts. Null! Weder er noch ich müssen sich da etwas verknusen. So sind wir zusammengekommen, und das hält uns beieinander.«

Ich deutete auf Joshua.

»Aber irgendwann muss es doch gefunkt haben? Sonst wäre er doch nicht da.«

Sie hob Joshua hoch. Er machte mit seinen Lippen Saugbewegungen und sah mich an, ohne in mir seinesgleichen zu erkennen. Dazu braucht ein kleiner Mensch noch Monate. Dennoch traf mich sein Blick im Innersten. Dort hätte er feststellen können, dass in irgendeiner Ecke Stolz über den kleinen Gossec nistete. Wenn ihm das liederliche und nichtsnutzige Leben eines Reichen erspart blieb, konnte er einmal meinen Laden übernehmen, schließlich lief mein Mietvertrag unbefristet. Auch unsinnige Gedanken können einen Menschen glücklicher machen, wenn er zulässt, sie auszuspinnen.

»Schau ihn dir an. Sieht er Joschka ähnlich?«

Definitiv nein! Aber das sagte ich nicht, warum auch? Ich spürte genau, dass es hier um tiefgründige Fragen ging, bei denen man mit der Wahrheit viel Porzellan zerdeppern konnte. Joshuas Schädel war von einer tiefschwarzen Wolle bedeckt, sein Gesicht zeigte einen dunklen Ton. Joschka hingegen war blond und hatte den hellen Teint eines Nordmanns. Aber die Gesichtsfarbe änderte sich bei Babys von einem Moment auf den anderen. Wenn Joshua schrie oder sich anstrengte, lief er dunkelrot an. Und die Haarfarbe, das hörte ich schon vielfach, konnte sich im Verlauf der ersten Jahre noch vollständig ändern.

»Weiß nicht. Wie soll man das bei einem so jungen Kerl feststellen, bei dem sich alles noch verwächst? Ich finde, er benimmt sich wie ein echter Gossec. Durchsetzungsfähig, mit kräftigen Lungen.«

Sie lachte.

»Er sieht aus wie ein Mensch, mehr wissen wir nicht. Alles klar?«

»Überhaupt nicht. Vielleicht bin ich ja begriffsstutzig, aber dein wolkiges Geraune hat mich nicht schlauer gemacht. Also los, jetzt komm mal rüber mit der ganzen Geschichte!«

»Ist aber eine lange!«

»Ich habe Zeit.«

Sie legte Joshua neben sich und deckte ihn zu.

»Ich bin Studentin. Arabistik. Um mein Studium zu finanzieren, habe ich für einen Escortservice gearbeitet.«

»Ach du Scheiße!«

»Hey, Gossec, nicht das, was du denkst! Gesellschafterin, gepflegte Unterhaltungen, Führungen durch München, sprachkundige Begleitung bei offiziellen Anlässen – nichts Anrüchiges.«

Ich schnaufte durch, ahnte aber bereits, in welche Richtung ihre Schilderung gehen würde.

»Meine Eltern haben mir eine hervorragende Schulbildung finanziert. In einem Schweizer Internat, war eher für höhere Töchter gedacht. Mein Abitur haben sie leider nicht mehr erlebt, sie waren schon sehr alt. Zuerst ist mein Vater gestorben, bald danach meine Mutter. Wahrscheinlich aus Kummer. Viel haben sie mir nicht hinterlassen, und ich musste daher zusehen, wie ich mir mit meinen Fähigkeiten ein Auskommen schaffen konnte.«

»Reiche Leute bespaßen.«

»Hörst du mir zu, oder willst du lieber deinen eigenen Vorstellungen nachhängen?«

»Sorry.«

»Jedenfalls meldet sich eines Tages die Agentur ...«

»Name?«

»Amelie Lindbergh, ist das wichtig?«

»Wenn ich dir helfen soll, werde ich da draußen ein paar Sachen klären müssen. Und Namen sind da eine gute Grundlage. Meldet sich also ...?«

»Der Sultan von Ormus aus der Dynastie der Orbassan. Der Job schien wie für mich geschaffen.«

»Warum?«

»Weil ich genau das mitbringe, was verlangt wurde: Sprachkenntnisse, Bildung, sicheres Auftreten. Wenn er nach München kam, hielt er im City Astoria Hof und empfing dort Besucher, pflegte politische, aber auch geschäftliche Verbindungen. Und ich wurde immer gebucht, wenn er hier war. Mit der Zeit entstand ein Vertrauensverhältnis.«

»Wie hat man sich den Mann vorzustellen?«

»Rasul ist bereits ein älterer Herr, geschieden, kinderlos – eigentlich sehr nett.«

»Eigentlich?«

»Er hat nichts von einem selbstherrlichen Potentaten, ist eher feinfühlig, taktvoll. Dazu gebildet und ein aufmerksamer Gastgeber. Ich bin mit Ausnahme des letzten Tags gern mit ihm zusammengewesen.«

»Aber?«

»Erst die Vorgeschichte: Eines Tages kam es zu einer Begegnung, mit der unsere Beziehung den bis dahin gewohnten Rahmen verlassen hat.«

»Also doch!«

»Keine übereilten Schlüsse! Ich habe ihn stets als väterlichen Freund betrachtet, darüber bin ich nie hinausgegangen, okay?«

»Verstehe.«

»Ich kam ins Hotel, er saß an seinem Schreibtisch und war in einer Verfassung, wie ich sie an ihm noch nie zuvor erlebt hatte: wortkarg, niedergeschlagen, traurig. Also fragte ich ihn, was ihn bedrückt. Eine Antwort habe ich nicht wirklich bekommen, nur dass er versagt, seine Aufgabe nicht erfüllt und ein ganzes Volk sehenden Auges ins Verderben geschickt habe.«

»Klingt dramatisch.«

»War es auch. Mutet seltsam an, aber ich habe in seinen Worten eine schicksalhafte Verstrickung gespürt, eine schwere Last auf seinen Schultern. Mich hat das wirklich bewegt, und ich war aufgewühlt und fühlte mich aufgerufen, ihm zu versichern, dass ich alles tun würde, um ihm zu helfen.«

»Ernsthaft?«

»Na ja, es war mehr Ausdruck meiner Anteilnahme, verstehst du?«

»Und seine Reaktion?«

»Für mich verstörend. Er ließ sich zurücksinken auf das Polster des Sessels, in dem er saß, und warf einen vollkommen anderen Blick auf mich. Vorher fühlte ich mich in seiner Gegenwart körperlos – Ideen, Worte, Diskussionen mit einem älteren, klugen Herrn –, nun betrachtete er mich als Frau. Und das war für mich genau der Punkt, an dem sich unsere Beziehung veränderte. Er dachte noch eine Weile lang nach, musterte mich dabei und sagte dann nach einer Weile: Das würden Sie wirklich tun?«

»Und du hast Ja gesagt.«

Mariella nickte.

»Er fasste nach meiner Hand, hielt sie lange umschlossen und küsste sie schließlich. Dann sagte er, er müsse noch einiges bedenken und regeln, ich solle nebenan Platz nehmen und mir vom Zimmerservice bringen lassen, wonach mir zumute sei. So saß ich also eine Zeit lang am Tisch im Nebenzimmer, aß eine Suppe, wartete und langweilte mich. Endlich kam er dazu, und später stieß noch ein durchaus interessanter Gesprächspartner zu uns, den er als seinen Leibarzt vorstellte. Wir sprachen über die arabische Medizin, ihre indischen Einflüsse, und er demonstrierte Techniken wie Puls- oder Augendiagnostik. Daran war nichts ungut, aber ich wurde dieses schreckliche Gefühl nicht los, dass auch er mich mit wachsamen Augen beobachtete und taxierte. Und am selben Abend noch …«

Mariella traten Tränen in die Augen.

»Ich kann es nicht mit Sicherheit sagen, aber alles spricht dafür, dass ich in dieser Nacht geschwängert worden bin.«

»Diese Drecksau!«

Da war sie wieder, diese nicht auszulöschende irdische Wut gegen Unrecht und Gewalt, die von Mächtigen, wenigstens doch Überlegenen, an Untergeordneten und Hilflosen ausgeübt wurde.

»Er ist aber nicht der Einzige, der dafür infrage kommt. Und überhaupt ist diese ganze Geschichte mysteriös. Aber eins nach dem anderen: Am Abend fand in einem Separee ein Empfang statt, bei dem die Mitglieder des *Senior Advisory Board* eingeladen waren.«

»Was ist denn das?«

»Ein Club einflussreicher Persönlichkeiten in Bayern, Prominenz aus Politik, Wirtschaft und Kultur.«

»Ernsthaft?«

»Ist ja nicht weiter schlimm, entschieden wird da nichts.«

»Aber gemauschelt und eingefädelt.«

»Jedenfalls habe ich Sultan Rasul assistiert, die Leute vorgestellt, übersetzt – das Übliche eben. Gegen elf Uhr war es dann schon ziemlich leer, die Handvoll Verbliebener wurde dann noch in die Suite gebeten.«

»Wer war da dabei?«

»Zum Schluss nur noch Poschinger, du weißt schon, der mit dem Delikatessengeschäft, und Friedl, der Großgastronom. Friedl vor allem, zumindest in seinem angetrunkenen Zustand, ein ziemlich ekliger Kerl.«

»Inwiefern?«

»An mir herumgetätschelt, schmierige Andeutungen gemacht, so in der Art: Er hätte schon gehört, dass ich gebucht worden sei. Ob da vielleicht noch etwas ginge? Ein Zimmer lasse sich schon auftreiben. Wenn du so gepolt bist wie ich, ist das eine kaum erträgliche Pein. Irgendwann war ich so erschöpft und genervt, dass ich mich in den Nebenraum zurückgezogen habe ...«

»Du verschwindest einfach in seiner Suite hinter der nächsten Tür?«

»Die Türen standen doch alle offen, man konnte sich frei in der ganzen Zimmerflucht bewegen. Ich setze mich auf die bequeme Chaiselongue. Später kam Hilal ...«

»Hilal?«

»Der Assistent von Sultan Rasul, Butler, Chauffeur – was eben auf Reisen anfällt. Er fragt mich, ob ich etwas möchte, ich bitte ihn um einen Tee. Der

Tee schmeckt ziemlich süß, ich trinke ihn dennoch. Kurze Zeit darauf kommen die drei zu mir herüber. Friedl hat sich zu mir auf das Sofa gedrängt. Ich trinke noch eine Tasse Tee. Mir wird jedoch zunehmend schwummrig. Ich kämpfe, versuche, mich aufrecht zu halten, aber irgendwann gehen in meinem Kopf die Lichter aus. Das war's! Am nächsten Tag wache ich in einem Zimmer des Hotels auf, liege zwar im Bett, trage aber so eine Art Klinikhemdchen und habe das Gefühl, dass etwas mit mir nicht mehr stimmt. Meine Kleidung hängt ordentlich an einem Herrendiener. Die Frau vom Zimmerservice sagt, sie sei es gewesen, die mich ausgezogen und ins Bett gelegt habe. Ehrlich gesagt, glaubte ich ihr nicht, vor allem spürte ich Schmerzen in meiner Vagina. Und ich konnte mich an nichts mehr erinnern, was passiert ist.«

»Klingt nach K.-o.-Tropfen. Warst du bei der Polizei?«

»Ja, letztendlich schon. Ich war zunächst total verwirrt, bin in der Stadt herumgelaufen und zuletzt doch nach Hause gegangen, um zu schlafen, aber habe diesen Gedanken nicht mehr aus dem Kopf bekommen. Schließlich musste ich eine wirklich peinliche Befragung über mich ergehen lassen, dieses zweideutige Augenzwinkern der Beamten. Ein betäubendes Mittel war nicht mehr nachweisbar. Ich habe dann eine Untersuchung verlangt, ob ich zum Verkehr gezwungen worden bin.«

Jetzt wurde Mariella von einem Weinkrampf geschüttelt. Joshua wurde unruhig, ich nahm ihn auf den Arm und wiegte ihn. Mariella hatte sich in die Kissen geworfen und richtete sich nach einer Weile wieder auf.

»Willst du noch das Ende hören?«

»Natürlich.«

»Diese Untersuchung beim Arzt war eine einzige Demütigung. Er lachte mich aus, sagte, ich sei noch Jungfrau. Eine Penetration habe nicht stattgefunden. Aber ich spürte doch, dass da etwas war. Meine Vagina war gerötet, man hatte da unten eine Salbe aufgetragen, die nicht von mir stammen kann, weil ich ja gar nichts bei mir hatte.«

»Was, denkst du, ist passiert?«

»Kann ja sein, dass mich einer vergewaltigen wollte und dann abgelassen hat, als er feststellte, dass ich noch Jungfrau war. Ich weiß es nicht. Aber stell dir meine Situation vor! Die ganze Beweislast in einem Fall, den alle absurd finden, ruhte auf mir. Sicher war ich erst, als mir meine Ärztin sagte, ich sei schwanger. Und da war es zu spät.«

»Hast du einen von den Kerlen zur Rede gestellt?«

»Ja, Rasul. Ich habe es zumindest versucht, am nächsten Tag allerdings erst. Aber er war weg, ist offenbar gleich danach abgereist. Ich habe keinen von ihnen mehr gesehen. Nur Hilal …«

»Was war mit ihm?«

»Seltsamerweise bin ich hier in München mehrfach einem Mann begegnet, von dem ich hätte schwören können, es war Hilal. Er tauchte auf und verschwand wie ein Schatten. Aber wahrscheinlich war das nur Hysterie, oder?«

Ich fasste nach ihrer Hand.

»Stell dir meine Lage vor, Gossec! Plötzlich sollte ich ein Kind bekommen. Aber von wem? Jedenfalls von einem Vergewaltiger.«

»Und Joschka?«

»War eine große Stütze, er stand voll auf meiner Seite. Und er wollte keinesfalls, dass ich abtreibe. Joschka ist ja schon älter, wie du bemerkt hast, und hat bereits zwei Kinder adoptiert. Er sagte, er würde auf jeden Fall zu dem Kind stehen und es als das seine betrachten.«

»Aber wie konnte es dazu kommen, dass Joshua fast auf der Straße zur Welt gekommen wäre?«

»Wir hatten einen Termin in der Maiklinik, ich bin dort auch betreut worden. Neun Monate lang hat mich Joschkas Zuversicht und Liebe getragen, aber dann, Gossec, kurz vor Schluss, überkam mich das absolut sichere Empfinden, dass dieses Kind nicht geboren werden sollte. Und dass Joschka sich überfordert. Mich dazu. Dass alles ein Riesenfehler ist. Als sich die Wehen andeuteten, packte mich die totale Verzweiflung. Ich wollte mich und das Kind einfach umbringen.«

»Wie hat dich Joschka gefunden?«

»Klingt verrückt, aber ein Penner hat ihm geholfen.«

»Ein Penner?«

Ich dachte sofort an Michi.

»Ja, wirklich. Er kam Joschka auf der Straße entgegen, sagte zu ihm, dass eine Frau dahinten auf den Gleisen liege, und hat ihn hingeführt.«

»Und der Name des Penners?«

»Keine Ahnung. Aber er faselte die ganze Zeit etwas vor sich hin, meistens Unverständliches, manchmal auch Klares, dass wir uns keine Sorgen machen sollten, alles werde gut, und dass wir hinüber in die Fleischerstraße gehen sollten, weil dort jemand auf uns warte. So war es dann auch, denn da standst du!«

Sie wischte sich die Tränen ab und hob Joshua hoch.

»Schau ihn dir an und sag mir, wem er ähnlich sieht. Poschinger, Friedl oder Rasul?«

11

Draußen fuhr ein hochbeiniger SUV in Schrittgeschwindigkeit vorbei. Wahrscheinlich eines der wenigen, bei diesen Straßenverhältnissen noch gangbaren Fahrzeuge, der Restverkehr in unserer kleinen Straße stand in von Schneewällen gebildeten Parzellen. Der Wagen fiel mir sofort auf, weil er in Tarnfarben gespritzt war. Einem Bildband zufolge, den ich aus pädagogischen Gründen rasch entsorgte, handelte es sich da draußen um das Digitaltarnmuster *Woodland*. Im Wald und auf der Heide konnte man sein Gerät damit perfekt verstecken, bei Schnee wirkte *Woodland* wie Signalfarbe. Außerdem machten mich solche paramilitärischen Spinnereien misstrauisch, und ich schaute extra genau hin. Er bullerte einmal die Straße auf und ab, dabei reckte der Fahrer den Hals mal nach links, mal nach rechts. So flaggte man aus, dass man auf der Pirsch war. Dann hatte er offenbar genug gesehen. Das Teil durchstieß einen großen Schneehaufen und pflügte sich mühelos in einen Parkplatz hinein, der für jeden anderen Verkehrsteilnehmer höchstens als Iglu zu gebrauchen war. Aus dem Führerhaus sprang ein Kerl, den man bei uns seines massiv-muskulösen Körperbaus wegen als *Lackel* bezeichnet.

Lackel brauchen weder Hut, Mantel noch Handschuhe, sie vergraben ihre Hände beidseitig in den

Hosentaschen, ziehen den Kopf zwischen die Schultern und halten es für eine angemessene Antwort auf schlechtes Wetter, ihrem Missfallen durch ein böses Gesicht Ausdruck zu verleihen.

Vor der Tür schüttelte er sich kurz und ließ unter den Tritten seiner genagelten Stiefel die Türschwelle erzittern, bevor er meinen Laden betrat.

»Servus.«

Ich musterte ihn. Kaufen wollte der nichts. Aber ich fror vom ersten Moment an, an dem er mir gegenüberstand.

»Was gibt's?«

»Ist hier irgendwo eine junge Frau mit Kind untergebracht?«

Er fixierte mich mit einem durchdringenden Blick, aber so etwas verfängt bei mir nicht. Bei einer Zirkusshow versuchte einmal ein Magier, mich zu hypnotisieren. Er hatte dem Publikum versprochen, dass ich bald auf dem Stuhl sitzen und wie ein Huhn gackern würde. Bei mir läuft das nicht. Der einzige Wille, der für mich maßgeblich ist, ist mein eigener. Ich machte eine Bewegung, als wolle ich eine Fliege verscheuchen, und musterte ihn meinerseits.

»Wer sagt das?«

»Hört man so.«

Ich kannte den Kerl nicht, aber er war mir auf eine eigentümliche Weise vertraut. Das Ungeschlachte und Flegelhafte, das er in seiner Rohform darstellte, ruhte gewiss auch in mir, nur dass ich eben lange daran gearbeitet hatte, es zu kultivieren. In meiner Lederkutte mochte ich früher einen ähnlichen Eindruck abgegeben haben. Ihn herauszufordern, war leicht, denn sein Verhalten war vorhersehbar. Was für den feinen Herrn früher der Schlag mit dem Lederhandschuh in das Gesicht des Kontrahenten war, war bei uns eine Anspielung, die unter die Gürtellinie ging.

»Und du? Trägst du heute wieder deine geblümten Unterhosen?«

»Ich lach mich tot! Was soll der blöde Witz?«

»Dass es dich einen Scheißdreck angeht, was bei uns in der Gegend los ist.«

Ich wusste schon, wie es weitergehen würde und lugte vorsichtshalber unter die Theke, wo ich meinen Totschläger bereithielt, um für Krisenfälle gewappnet zu sein. Ich erschrak, denn er war verschwunden. Offenbar hatte man höheren Orts beschlossen, dass ich meine Konflikte anders zu regeln hatte.

Was wie die Greifarme eines Baggers über die Theke fuhr, nennt man bei uns Pratzen. Er packte mich am Revers und machte Anstalten, mich über den Tisch zu ziehen. Aber so einfach hebt man einen Gossec nicht aus den Latschen; ich kenne diesen Griff aus jahrelanger Erfahrung. Man wehrt sich, indem man dem anderen die Fäuste, Fingerknöchel voraus, seitlich in die Rippen haut. Das wirkte schlagartig, und ich stand immer noch da, wo ich hingehörte: hinter meiner Verkaufstheke. Nach einem kurzen, hektischen Überblick über das mir verbliebene Arsenal nahm ich die lange Papierschere vom Haken, die ihres multifunktionalen Einsatzes wegen offenkundig nicht als Waffe erkannt worden war.

»Verschwinde aus meinem Laden! Aber ganz schnell, bevor ich zum Schlitzer werde.«

Tatsächlich ging er. An der Ladentür drehte er sich noch einmal um und zeigte mir den gestreckten Mittelfinger.

»Wir sehen uns noch!«

Dann schmetterte er die Tür hinter sich zu. Schließlich bemerkte ich Mariella, die durch den ungewohnten Lärm beunruhigt aus ihrem Zimmer gekommen war. Ich zeigte ihr den Lackel, der seinen SUV öffnete.

»Kennst du den?«

»Nie gesehen! Wie kommst du darauf?«

Ich zuckte die Achseln.

»Hätte ja sein können.«

Immer noch versuchte ich, sie vor unangenehmen Botschaften zu bewahren – ein Reflex. Dabei hatte auch mir noch niemand mitgeteilt, in welchem Akt dieses Dramas wir angelangt waren und welche Rolle mir zukam. Immerhin notierte ich mir das Kennzeichen des SUVs.

Nachdem Mutter und Kind wieder verstaut waren, griff ich zum Telefon.

»Wo brennt's, Gossec?«, fragte Julius.

Der Mann entwickelte sich zum Phänomen, wenn nicht gar zu einem Engel. Er wusste schon, wer ich war und was ich wollte, bevor ich den Mund aufgemacht hatte. Noch ehe ich mein Erstaunen in Worte kleiden konnte, fiel mir ein, dass die Anruferkennung seit Langem ein alter Hut war und ich Julius schäbigerweise immer nur dann antelefonierte, wenn ich etwas brauchte. Mein neuer Wunderglaube ging offenbar mit mir durch. Wenn die Krippe in der Kirche nach Einwurf eines Eurostücks rundherum illuminiert wurde, war das kein Mirakel, sondern Elektrizität.

»Ich hätte da die Nummer eines Autokennzeichens …«

»… und du möchtest wissen, wem das gehört?«

Er konnte doch Gedanken lesen.

»Genau.«

»Ich versuche es. Garantieren kann man nichts. Ich höre!«

Ich gab die Nummer durch und bedankte mich artig.

12

Mein Totschläger blieb verschwunden, obwohl ich alle Regale gefilzt hatte. Warum ich auf ihn verzichten sollte, leuchtete mir nicht ein. Ich fühlte mich mit dem Kleinen und Mariella im Rücken unsicher, zumal ich noch nicht wusste, wohin das alles noch führen würde. Und meine Beschützerrolle wollte ich unter allen Umständen ausfüllen.

Draußen rieselte unablässig Schnee herunter, nicht diese dicken nassen Flocken, die schon in der Luft zu schmelzen beginnen, sondern körniger Gries, der von einem schneidenden Nordostwind zu Verwehungen aufgehäuft wurde. An Kundschaft war nicht zu denken, also sicherte ich den Laden, zog das Gitter herunter und sagte Mariella, dass ich zum Einkaufen müsse. Mein Wintermantel aus Schweizer Armeebeständen war gletscherzertifiziert. Wenn es schlimm kam, konnte ich damit unter der nächstbesten Schneewächte biwakieren. Moonboots dazu sahen zwar albern aus, aber wen kümmerte das bei diesem Wetter?

In der Schillerstraße gibt es nichts, was es nicht gibt: frischen Fisch, Juwelen, Hotels, Smartphones, Gemüse, Frauen, Elektronik, Friseure, die aus dem Ohr quellende Borsten abfackeln können, reichlich Döner, Pizza und Kaffee und natürlich auch Waffen. Solche Läden firmieren gerne olympisch unter *Zube-*

hör für Sportschützen, haben aber alles im Programm, was Sniper und Amokläufer zur Ausführung ihrer sinistren Absichten benötigen. Manchmal tauchen dort auch Personen mit moralisch einwandfreien Absichten auf, so wie ich eben an diesem grauen Nachmittag. Der elektronischen Ladenglocke war es egal, sie machte Dingdong, wie für jeden anderen Ankömmling auch.

Die Gesprächsführung mit dem Ladeninhaber gehört zu den delikatesten Kommunikationssituationen überhaupt. Man kann sich nicht einfach hinstellen und Waffen verlangen. Also erzählte ich von meinem Geschäft, in das schon zum wiederholten Male eingebrochen worden sei, weswegen meine herzkranke Mutter kein Auge mehr zumachen könne. Die international anerkannte Regenbogenflagge der Pace-Bewegung habe so gut wie nichts bewirkt. Hier ließ mein Gegenüber, ein aus den Fugen geratener deutscher Ingenieur, der seinen Haarkranz zum Memento einer Elvisfrisur hindrapiert hatte, zum ersten Mal ein bronchitisch-rasselndes Lachen hören. Diese Gesprächsschiene war offenkundig genau die richtige. Auch die zu meinem Schutz bereitgelegte Trillerpfeife habe ihren Zweck nicht erfüllt. Nun schüttelte es den Ladeninhaber derartig durch, dass die hölzerne Lehne seines Stuhls im Takt seiner Konvulsionen zu knarzen und zu ächzen begann. Endlich beugte er sich vor.

»Schon mal an Waffen zur Selbstverteidigung gedacht?«

Ich sah ihn an, als blicke ich in einen Abgrund, ließ mich aber dann doch überzeugen.

»Ich glaube, Sie haben recht.«

Bald darauf hatte ich ihn da, wo ich ihn haben wollte, und er holte statt der windigen Teleskopstangen einen ordentlichen Prügel aus Stahl unter dem Ladentisch hervor, der der Bezeichnung Totschläger alle Ehre machte. Ich legte die gewünschten Scheine hin, versprach, ganz vorsichtig zu sein, und verließ mit Dingdong den Laden.

Ich stapfte die Schillerstraße hinunter, Verkehr war so gut wie keiner auf der Straße. Ab und zu fegte ein Pflug mit gelber Warnleuchte vorbei und schleuderte den Schnee von der Fahrbahn in hohem Bogen zur Seite.

Die wenigen Menschen bewegten sich wie Störche in der weißen, bis über die Knöchel reichenden Bedeckung. Die Stimmung unter den Passanten war dennoch gut, Katastrophen machen Leidensgenossen locker und füreinander aufgeschlossen. Wenn außenherum alles wegbricht, weiß der Mensch wieder, was er an seinesgleichen hat.

Im Klinikviertel an der Ecke Nußbaumstraße sah ich schon von Weitem eine Gestalt wie einen Schneemann stehen, eigentlich mehr wie eine Schneefrau, denn die Person hatte eine Decke über Kopf und Schultern gezogen und mutete wie eine eingeschneite Nonne oder Marienfigur an. Als ich näher kam, erkannte ich Michi, den Penner. Der Schnee hatte sich in seinem Bart verfangen, war etwas geschmolzen und wieder gefroren, sodass aus den borstigen Haaren kleine Eiszapfen geworden waren.

»Michi?«, vergewisserte ich mich.

Er nickte und neigte sich vor.

»Lass doch den Schmarren«, flüsterte er. »Mit dem Kopf durch die Wand! Das bringt doch nichts, nur Ärger.«

Verständnislos sah ich ihn an. Er roch zwar so streng wie ein nasser Hund, eine Alkoholfahne war an ihm jedoch nicht auszumachen. Aber auch Schnee und Kälte konnten einen Mann zermürben. Ich fasste in die Manteltasche und zog einen verbliebenen Schein heraus.

»Kauf dir einen Kaffee oder sonst was Heißes!«

Er umarmte mich kurz. Seltsamerweise ging von seinem Arm, den er mir um die Schulter legte, eine angenehme Wärme aus, die ich sofort durch meinen Mantel hindurch spürte. Ich fuhr zurück. Sein Gesicht leuchtete aus der Deckenhülle heraus kurz auf, als trage er eine Lampe am Leib, und plötzlich wurde in einer Überlagerung das Antlitz eines vollkommen anderen Mannes sichtbar. Cäsarenhaft schien es mir – obwohl das vielleicht kompletter Unsinn war, ein Streich, den mir meine Bilderinnerung spielte –, kühn, mit hohen Backenknochen und markantem Kinn. Diese Vision war jedoch ebenso schnell wieder verschwunden, wie sie über mich gekommen war, und ich zweifelte an der Zuverlässigkeit meiner Sinne. Tatsächlich stand nur Michi, der Penner, vor mir.

»Mach's gut!«, sagte ich, dass irgendetwas gesagt war, und wandte mich zum Gehen.

Als ich die Lindwurmstraße überquerte und meinen Mantel zurechtzog, stellte ich fest, dass ich den neu gekauften Totschläger wieder eingebüßt hatte.

»Okay, aber auf eure Verantwortung!«

13

Das Sendlinger Tor war eigentlich die falsche Richtung. Warum ich sie dennoch einschlug, wusste ich selbst nicht. Instinkt? Weisung von oben? Dann stand ich schräg gegenüber der Matthäuskirche vor einem schmucklosen Bau, neben dessen Eingang ein von barockem Zierrat umranktes Messingschild angebracht war. Es zu übersehen war kaum möglich, dennoch fiel mir die Tafel zum ersten Mal auf. Der obenauf liegende Schnee wirkte, als habe jemand mit der Spritztülle nachgearbeitet. Mehr Schmuck auf kleinstem Raum ging nicht, es sei denn, man hätte noch ein paar glacierte Dekokirschen obendrauf gesetzt. *Amelie Lindbergh,* las ich, *Ihr seriöser Begleitservice*.

»Darf ich?«, fragte eine ältere Frau mit Einkaufstasche hinter mir.

Sie schloss auf, ich hielt die Tür, und schon stand ich drinnen.

»Zu wem wollen Sie denn?«

»Zur Agentur Lindbergh.«

»Dritter Stock.«

Ich trug ihre Tasche in den ersten Stock hinauf und verabschiedete mich dort von Frau Knäusl, dieser Name stand jedenfalls auf dem Türschild. Gestärkt durch diese gute Tat, setzte ich meinen Weg fort; es war nicht das erste Mal, dass ich mir das Schicksal durch kleine Tricks gefügig machen wollte. Man hat sich ein moralisches Guthaben erarbeitet, das auch höhere Mächte nicht einfach vom Tisch wischen können. Auch Hiob wusste, dass alles Unglück nur eine Prüfung war und er unterm Strich gut abschneiden würde.

Oben an der frisch lackierten weißen Tür hatte man die Wahl zwischen Klingelknopf und Türklopfer. Ich entschied mich sofort für den Löwenkopf mit Ring, denn durch das Klopfen signalisierte man, dass man bereits vor der Tür stand und zudem männlichen Geschlechts war, denn eine Frau fasste einem Löwen nur in Ausnahmefällen ans Maul.

»Guten Tag! Herr von Breitling, nicht wahr?«

Ich trat ein, um eine Rückabwicklung des freundlichen Empfangs im Ansatz zu unterbinden. Vor mir stand eine dralle, rundum gut eingepackte Frau mittleren Alters. Genauso hatte ich mir die Mutter eines solchen Kulturpuffs vorgestellt. Ihr Haar war perfekt blondiert und zu anmutigen Löckchen onduliert, wie man sie seit Anny Ondra nicht mehr gesehen hatte. Ihr Kaschmirpullover schimmerte rosa, die beiden Granatohrringe leuchteten tiefrot, ihre ganze Erscheinung war so appetitlich wie eine Erdbeersahnetorte. Ihr mächtiger Vorbau hatte nichts von dem schwerelos Vorausweisenden verloren, sodass unschwer zu erraten war, was für ein Korsageaufwand betrieben werden musste.

Ich hatte einigen Schnee auf Mütze, Mantel und an den Schuhen mitgebracht, der sich nun in den hochgeheizten Agenturräumen zu verflüssigen begann. Es triefte und tropfte. Zudem bemerkte sie nun meine

Moonboots und den abgetragenen Armeemantel. In ihrem porzellanen gepuderten Gesicht zeichnete sich eine jähe Veränderung ab.

»Was wollen Sie hier?«

So schnell hatte ich meinen Adelstitel minus gemacht.

»Auskünfte. Ich vertrete Mariella.«

Mir fiel auf, dass ich ihren Nachnamen nicht kannte, aber Frau Amelie wusste auch so, um wen es ging.

»Mariella, was für ein Skandal! Schon deshalb werden Sie nichts von mir zu hören bekommen, wir sind absolut diskret. Zu hundert Prozent. Alles, was an mich kommt«, dabei fasste sie sich an die Ohren und kontrollierte den Sitz ihrer Ohrringe, »bleibt strikt vertraulich. Die Privatsphäre unserer Kunden ist uns heilig. Und jetzt hinaus!«

»Hallo?«, brüllte ich aus Leibeskräften, »ist hier noch jemand?«

Mein Geschrei hallte in den Räumen wider und blieb ohne Resonanz. Keine Menschenseele kam herbeigelaufen. Frau Amelie starrte mich zuerst erschrocken, dann verblüfft an.

»Lassen Sie uns vernünftig bleiben«, sagte ich. »Schauen Sie mich an! Ich bin ein tendenziell gewaltbereiter Mann, Sie eine hilflose Frau. Wir sind allein. Die Tür ist verschlossen …«

Ich wandte mich um und verriegelte die Tür.

»Wenn Sie sich da mal nicht täuschen«, erwiderte sie. »Jeden Moment muss Herr von Breitling eintreffen.«

Wie auf Zuruf klingelte das Telefon. Ich packte sie am Unterarm, um ihr zu bedeuten, dass sie nicht abnehmen durfte. Der Anrufbeantworter schaltete sich ein, und wir hörten gemeinsam ihre zuckersüße Ansage ab. Dann meldete sich Herr von Breitling, der nach einleitendem Räuspern zu sonorer Tonlage fand.

»Liebe gnädige Frau, es ist mir leider bei diesem scheußlichen Wetter ganz und gar unmöglich, mich zu Ihnen in die Innenstadt durchzuschlagen. Der Winterdienst hat vor meiner Garage Schneeberge aufgehäuft, und die öffentlichen Verkehrsmittel haben längst ihren Dienst eingestellt. Verzeihen Sie also vielmals!«

Er wartete eine Weile, ob seine Nachricht jemanden animieren würde, den Hörer abzunehmen, machte seinen Hals nochmals frei und legte dann auf. Frau Amelie sah mir betroffen ins Gesicht.

»Vorschlag:«, sagte ich, »wir setzen uns nach nebenan und trinken ein Tässchen Tee zusammen. Ich werde weder ihr chinesisches Porzellan noch sonst etwas demolieren. Sie beantworten mir meine Fragen, ich verabschiede mich wieder, und alles ist gut.«

Frau Amelie nickte gottergeben. Dann wies sie mir einen Platz am Kundentisch zu, auf dem ein Album lag, in dem man ihre exklusive Ware begutachten konnte. Ich blätterte mich durch die Seiten mit Frauenfotos und dazugehörigen Steckbriefen und studierte die werblich gehaltenen Texte, in denen hervorgehoben wurde, wie erstaunlich variabel die Frauen im Angebot waren und was die Männer alles mit ihnen machen konnten. Es gab repräsentative Frauen, die man gerne vorzeigte, wenn man mit Chef und Cognacschwenker am Kamin saß. Es gab kluge Frauen, mit denen zusammen man jede x-beliebige akademische Halbleuchte plattmachen würde. Es gab mütterliche Frauen, die gut zuhörten und einem den Handrücken tätschelten, wenn sie nicht gerade in der Küche nach den selbst gehobelten Spätzle im Backofen sehen mussten. Es gab unbedarfte Frauen, die gut Cocktail trinken und kichern konnten, aber hell genug waren, den seichten Blödsinn Klasse zu finden, den der Kavalier genannte Dummbeutel verzapfte. Dann stieß ich noch auf die sportiven Frauen, attraktive Kumpels, mit denen man joggen, schwimmen oder Gymnastik machen konnte, um sich dabei zu fotografieren. Ich klappte das Album zu, als Frau Amelie mit dem Tablett hereinkam.

»Und was ist mit den amourösen Extras?«, fragte ich. »Wie werden die verrechnet?«

Sie straffte ihren Oberkörper und schickte einen Blick voll flammender Verachtung zu mir herüber.

»Wenn Sie ein Kunde wären, würde ich Sie jetzt rauswerfen.«

Ich glaubte ihr. Was ihren Menschenhandel an und für sich nicht besser machte. Man hätte sich ja auch auf ein bloßes Angebot von Leistungen beschränken können, was eine Gleichstellung aller Wesen bedeutet hätte und die Anerkennung der Tatsache, dass man auch mit buckligen Zwergen oder haarigen Trollen joggen gehen konnte.

»Es geht wie gesagt um Mariella …«

Frau Amelie stöhnte auf.

»Wie kann sie nur! Und dann noch mit einem Premiumkunden. So etwas kostet uns unseren guten Ruf.«

»Contenance, Frau Amelie! Geschwätz bringt mich auf die Palme. Nur dass das klar ist: Mariella ist von einem Ihrer Fünf-Sterne-Klienten vergewaltigt worden. Das Kind ist inzwischen zur Welt gekommen. Dass Rasul, Poschinger oder Friedl allein oder zusammen verantwortlich sind, daran habe ich nicht den geringsten Zweifel. Und das ist auch die Basis, auf der wir diesen Fall diskutieren.«

»Woher wollen Sie das denn so genau wissen? Haben Sie einen Vaterschaftstest machen lassen?«

»Im Moment genügt der Ähnlichkeitstest. Und der ist absolut positiv: Der Junge sieht nicht aus wie der Mann, mit dem Mariella zusammenlebt.«

»Und was wollen Sie in dieser Angelegenheit von mir?«

»Mariella sagt, dass Sultan Rasul regelmäßig in München zu Besuch ist und ebenso regelmäßig Ihre Agentur in Anspruch nimmt. Wann erwarten Sie ihn?«

Trotzig schaute Frau Amelie in ihre Teetasse.

»Was denn? Soll ich mir Ihren Terminkalender selbst vornehmen?«

Sie sprang auf.

»Sie bleiben, um Himmels willen, wo Sie sind und rühren meine Unterlagen nicht an. Eigentlich müsste er schon hier sein.«

»Hat er sich bei Ihnen gemeldet?«

Sie schüttelte den Kopf.

»Das ist es ja. Ich fürchte, diese vorteilhafte Geschäftsbeziehung ist beendet.«

Sie warf mir einen finsteren Blick zu.

»Wegen Mariella!«

14

Ich stapfte nach Hause. Zwei Gestalten näherten sich, Silhouetten wandelnder Pflanzen, die sich dunkel von dem grauen Schneegries abhoben und scheinbar der Kulisse einer Märchenaufführung für Kinder mit Feen und Zwergen entsprungen waren. Zwei junge Frauen erkannte ich schließlich, beide in Stiefelchen, kurzen Röcken und ebenso kurzen Mänteln. Sie zogen die Schultern nach oben und legten die Arme an den Oberkörper an, weil sie froren. Zum Schutz gegen die Kälte hatten sie meterlange Bahnen von Stoff in Schalform um ihren Hals geschlungen. Es mutete an, als säße ihr im Verhältnis dazu kleiner Kopf inmitten eines schneebepuderten Blütenkelchs.

Als ich mich endlich meinem Quartier näherte, sah ich schon von Weitem das blaue Licht des Gasheizstrahlers der Brüder Baltus schimmern. Die Brüder betrieben eine Versicherungsagentur, offenbar profitabel, denn sie konnten es sich leisten, fast ganztägig draußen auf dem Treppenabsatz unter ihrem Heizpilz zu stehen, zu rauchen und Kaffee aus ihren lustig bunten Bechern zu trinken, die mit *Dieter & Thomas*, ihren Vornamen, beschriftet waren.

»Eine BH, Gossec?«, rief Thomas.

Ich klopfte meine Schuhe ab, stieg die zwei Stufen zu dem Absatz hinauf und nahm die angebotene Zigarette. Die Brüder Baltus arbeiteten nur mit *Ben-*

son & Hedges, die goldene Schachtel waren sie ihrem Geschäft schuldig. Das war schon beim kurzen Hingucken Werbung. Den hässlichen Warnhinweis verdeckten sie mit einem ihrer lustigen Aufkleber, silbrig, in Reliefdruck.

Ich hatte mich oft gefragt, wie und wann die beiden eigentlich ihre Geschäfte machten, bis ich endlich begriff, dass es genau so lief: Draußen stehen, Zigaretten und Kaffee anbieten. Wenn man ausgeraucht hatte und sich ins Büro abschleppen ließ, bekam man ungefragt ein Tellerchen mit Keksen hingestellt, Dänische Butterkekse aus der blauen Blechdose, die einer europäischen Norm zufolge in Fünffachsortierung bei Besprechungen gereicht werden müssen und daher zentnerweise in allen Firmen lagern. Aus Erfahrung wird man klug. Ich würde dieses Büro nie mehr betreten, denn wer Kekse nahm, musste auch das in einer Mappe zusammengefasste persönliche Angebot, bestehend aus Agenturbroschüre, Versicherungsmerkblatt und Vertragsentwurf, einstecken, den Schein anschließend kommentarlos unterschreiben oder sich wortreich rechtfertigen, warum man partout aus der Reihe tanzen wollte.

Für die geschenkte Zigarette gaben die Brüder Baltus niemals Feuer. Sie reichten einem vielmehr ihr beliebtestes Werbemittel, ein giftgrünes Feuerzeug mit Logo und Adresse, und sagten standardmäßig dazu: »Kannste behalten.«

»Scheißwetter heute!«

Ich nickte. Die Gesprächseröffnung musste sitzen,

und dafür kam nur etwas hundert Prozent Konsensfähiges infrage.

Dieters Becher war rosa, Thomas' himmelblau und meiner dottergelb. Man plauderte ein bisschen über die Fährnisse des Lebens. Irgendwann stellte sich heraus, dass es für alle diese Probleme und Eventualitäten eine Versicherung gab. Ihren schwiemeligen Gesichtern sah man an, dass sie auch abends in der Kneipe in diesem Schwatz- und Verkaufsmodus blieben. Statt Kaffee wurde Alkoholisches ausgegeben und reichlich konsumiert. Um sich für das Geschäft gerade halten zu können, brauchten sie schon deshalb an jedem darauffolgenden Tag ebenso reichlich Zigaretten und Kaffee. Vermutlich waren sie auch im Bett noch im Dienst, denn ein Kondom konnte reißen, der Mann war nicht zeugungsfähig, oder die Matratze stand wegen Glasbruchs, ein typischer Unwetterschaden übrigens, nicht zur Verfügung.

Vertriebsleute waren harte Burschen und steckten diesen wenig ausbalancierten Lebenswandel weg. Solche Profis bildeten eine große Sippe, in der einer dem anderen so verblüffend ähnelte wie Dieter seinem Bruder Thomas, denn als optischen Kontrapunkt zu den strapazierten Gesichtern trugen sie den mittig hochgegelten Haarkamm, wie ihn Moritz, der Bruder von Max, salonfähig gemacht hatte.

»Und wenn jetzt«, hub Thomas an, »durch die Schneelast eine Scheibe birst und dann mal so mir nichts, dir nichts dein ganzes Warenlager über die Wupper geht?«

»Ich schnorre nur«, sagte ich. »Deine Versicherungen gehen mir am Arsch vorbei.«

Dieter lachte freundlich und hielt mir seine goldene BH-Schachtel hin.

»Dann nimm doch noch eine.«

Wer mit Vertriebsprofis zu tun hat, sollte wissen, dass sie gegen jede Beleidigung immun und daher nicht satisfaktionsfähig sind. Solange der Kunde in Sichtweite ist, besteht eine Chance zum Abschluss. Daran ist zu arbeiten. Und im Übrigen ist der Kunde sowieso ein Arschloch, da kommt es auf eine Entgleisung mehr oder weniger nicht an.

»Zeit wird's! Vielen Dank für Kaffee und Zigarette.«

»Schönen Tag noch. Man sieht sich. Und überleg dir das noch mal mit der Inventarversicherung!«

15

Ich hatte gekocht und wusch nun das Geschirr. Um meine Bude in Ordnung zu halten, gibt es für Menschen wie mich nur die Möglichkeit, alles sofort zu erledigen. Wenn die benutzten Teller erst einmal zwei Tage herumstehen, gehe ich da nicht mehr ran. Julius wiederholt immer wieder gern einen Satz, den ich zu früherer Gelegenheit gesagt haben soll: »Das mache ich nicht sauber, das ist mir zu schmutzig.« Wahrscheinlich war Julius' Messie-Wohnung damit gemeint. Julius lötet eine Platine und will sie ins Regal legen. Weil er an der Schublade mit den Speicherchips vorbeikommt, nimmt er den, der neben seiner Kaffeetasse liegt, gleich mit. Und die Kaffeetasse ist auch schon eingetrocknet. So landet er mit drei Gegenständen in der Küche, setzt die Tasse auf den wackligen Geschirrberg obenauf und legt Platine samt Chip erst mal neben dem Brotkasten ab, weil er sich frischen Kaffee machen möchte. Auf diese Art und Weise gelangen Widerstände und Kondensatoren in die Zuckerbüchse und ein fast schon kompletter Satz Schraubenzieher neben die Kloschüssel. Dieses furchtbare Chaos rührt einfach daher, dass das Vorhaben, etwas von A nach B zu bringen, bei der Ausführung verändert wurde. Deshalb fällt es mir leichter, etwas gleich und zielgerichtet zu tun, als darüber nachzudenken, ob und wann ich es tun sollte. Wer einen Plan fasst, diskutiert ständig mit sich. Logischerweise gibt es dabei immer Für und Wider. Das schwächt bei Alltagsaufgaben.

Mariella saß auf dem Stuhl und legte den Kleinen an die Brust. Über dem Spülbecken hing ein Rasierspiegel, in dem ich die beiden beobachten konnte. Sie war blass und wirkte erschöpft. Beim Stillen fielen ihr die Augen zu.

»Wie wäre es?«, sagte ich. »Ich schnappe mir den Kleinen und gehe mit ihm hinaus an die frische Luft. Wird ihm guttun.«

»Wie willst du das anstellen? Du kannst ihn doch nicht die ganze Zeit im Arm tragen.«

»Natürlich nicht. Wir packen ihn gut ein und legen ihn auf den Schlitten. Der hat außen Sitzstützen, gut ausgepolstert geht da nichts schief. Und du legst dich hin und schläfst eine Runde!«

Sie stand auf und umarmte mich mitsamt dem Kleinen. Wenig später war ich mit Joshua draußen. Der Schlitten glitt ruhig auf der dicken Schneedecke dahin. Es hatte aufgehört zu schneien, die dichte Wolkendecke riss auf, und erstmals seit Tagen sah man wieder blauen Himmel durchspitzen. Der Kleine arbeitete da hinten, streckte ruckartig die Beine und ruderte mit den Ärmchen. Die Laute, die er dabei hören ließ, klangen durchaus vergnügt. Sein Blick ging ins Leere, er sah nicht wirklich etwas, höchstens Umrisse. Seine Aufmerksamkeit war dennoch nach außen gerichtet, zugleich blieb er dabei noch ganz in sich. Wenn ich mich dicht über ihn beugte, wurden seine Bewegungen heftiger und schneller. Vielleicht erkannte er mich sogar. Aber sicher war, dass er einen ganz direkten Zugang zu meinem Innersten gefunden hatte, der mich wehrlos machte.

Wer sich in seiner gewohnten Umgebung von einem Ort zum anderen bewegt, sieht nur wenig. Das Alte ist geläufig, muss nicht zum wiederholten Mal aufgenommen werden. Nur das Neue, das Unerwartete und Bewegliche sind wichtig, der Verkehr vor allem. Weil ich den Kleinen hinter mir herzog, nahm ich alles aus einer vollkommen veränderten Perspektive wahr und war aufmerksamer denn je. Jedes Detail prüfte ich daraufhin, ob es meinen Schützling beeinträchtigen könnte: Steine, Äste, Schwellen, Abschüssiges. Ich lenkte ihn durch alles hindurch, als hätte ich eine Palette mit rohen Eiern zu transportieren. Erst eine Weile später merkte ich, dass ich mich dadurch in einen anderen Zustand manövrierte. Ich geriet ein Stück weit außer mir, und eine Luke wurde in meinem Schädel aufgestoßen, durch die Gedanken einströmten, die ich ein für alle Mal verbannt glaubte. Normalerweise hole ich mir einfach ein Bier, wenn Schwermut in mir aufsteigt. Was man nicht mehr ändern kann, sollte man stehen lassen. Mir ist jedes zerfließende, pussyhafte Selbstmitleid von Grund auf zuwider.

Aber dann trat ich auch noch durch die offene Tür in den ehemaligen Viehhof. Das muss mir den Rest gegeben haben. Die Gebäude dort waren abgerissen, und das weitläufige Gelände stand leer. Die verbliebenen Mauerreste waren von Graffiti bedeckt, keine Stelle blieb frei. Wer noch etwas hinterlassen wollte, musste zuerst die Tags und Pieces seiner Vorgänger übermalen. Ich mochte diesen Ort, gerade weil er so leer war. In der Stadt bewegte man sich stets zwischen Mauern. Man war ständig eingerahmt. Und dort am Viehhof hatte man plötzlich einen freien Blick. Ein Guckloch hinaus ins Weite. Jedesmal veränderten sich meine Gedanken schlagartig, wenn ich dort hineinging. Vorher war ich ganz mit mir und meinem Alltag beschäftigt, dann tat sich diese leere Fläche auf, und ich begriff, dass es jenseits der Begrenztheiten noch eine Welt gab. Eine Ahnung kam auf, dass das Leben mehr war als die Summe der Aufgaben und Komplikationen, die einem ständig am Bein hingen.

In meinem Kopf verwirbelten sich die neuen Eindrücke und alten Geschichten, verengten sich schließlich immer mehr, und es zog mich hinein wie in einen Trichter. So landete ich weit zurück in meiner Vergangenheit. Dagegen hatte ich mich bislang erfolgreich gewehrt. Wahrscheinlich war ich genau in dem Alter von Joshua, als das Jugendamt beschloss, meiner Mutter die Erziehungsberechtigung zu entziehen. Sie soff und hatte ständig neue Liebhaber. Daher habe ich meinen Vater nie kennengelernt. Erinnerungen an diese Trennung sind unwahrscheinlich, jedenfalls der psychologischen Lehre nach. Trotzdem fühlte es sich in mir so an, als sei da etwas gewesen, ein Riss, ein

Loch, ein Verlust, der mein Leben bestimmt hatte. An Mutters Stelle trat dann Schwester Eremberta, einschüchternd in ihrem Auftreten und ihrer Tracht, durchaus freundlich und zugewandt, aber unkörperlich. Ihre Schürze und ihr Habit rochen nach Autorität, nie nach Mutter. Sie ließ mir alles angedeihen, was ein kleines Kind brauchte, um groß zu werden, aber die furchtbare Abwesenheit einer Zugehörigkeit, die ich ein paar Wochen lang gespürt hatte, war durch nichts zu ersetzen.

Meine Mutter, so hieß es, sei froh gewesen, sich meiner entledigt zu haben. Tatsächlich? Ich habe das nie geglaubt, schon weil ich nicht mehr leben würde, wenn ich diesen Gedanken je angenommen hätte. In meiner Wirklichkeit kam sie nicht mehr vor, in meiner Fantasie lebte sie weiter. Schöner, liebevoller – ideal wie ein Medaillon. Aber solche Sehnsüchte nach Frauen haben es an sich, dass man ihnen im wirklichen Leben nie entsprechen kann. Man verliert sie ständig und weiß noch nicht einmal, warum. Wo war sie denn jetzt, meine Mutter? Und wo war Emma? Eine Beziehung, die ich nie hätte verscherzen dürfen.

Ein leichter Wind blies den lockeren Schnee hoch und trieb ihn wie einen luftigen Schleier vor sich her. Wie durch einen Vorhang hindurch erkannte ich hinten an der Mauer einen schäbigen Wohnwagen, verbeult und vermutlich nicht mehr fahrfähig. Oben aus dem Dach ragte ein Rohrstück, aus dem Rauch kam. Die Tür ging auf, und eine in Decken gehüllte Frau trat heraus. In ihren Händen hielt sie einen Wassertopf, den sie mit Schwung ausleerte. Dann bemerkte sie uns und trat näher. Ihr Haar war struppig. Sie trug Schichten von Kleidern übereinander. Als sie lächelte, erschrak ich. Sie hatte keine Vorderzähne mehr, die gut gemeinte Geste wirkte hexenhaft. Ihr Gesicht wies tiefe Furchen auf, keine guten, die vom Heiteren oder Schönen gezeichnet worden waren, eher Verletzungen. Schließlich Narben. Ihre Augen waren zu Schlitzen geschwollen, eine verunstaltete Säuferin, die einer eigenen, unbekannten Rasse anzugehören schien. Sie kam noch näher und beugte sich über Joshua.

»Ich habe auch mal ein Kind gehabt.«

Sie faltete ihre Hände über der Decke.

»Und? Was ist mit ihm passiert?«

»Musste es weggeben. War zu …«

Hilfe suchend sah sie mich an.

»Flatterhaft?«

Sie nickte. Mit der rechten Hand tippte sie sich mehrmals auf die Brust. Eine Mea-culpa-Geste.

»Jetzt bin ich schon so alt, aber ich konnte es nie vergessen. Ist immer noch da. Hier drinnen.«

Ich reagiere extrem auf Sentimentalitäten, zumal dann, wenn sie einen falschen Zungenschlag haben. Warum konnte sich diese alte Vettel nicht am Riemen reißen? Sie hatte sich doch selbst in diese Situation gebracht. Sie war mir zuwider, diese ekelhafte, verkommene Frau. Das Elend greift uns an, unternimmt einen Sturm auf unser Herz. Wir empfinden Mitleid, fühlen uns ausgeliefert und gleich auch schuldig. Spätestens dann gehe ich auf die Barrikaden und wehre mich. Die Anmutung zurückweisen oder gleich etwas tun. Alles andere ist schäbig.

Sie hob den Kopf.

»Ich weiß.«

Dabei lüftete sie die Decke, die sie sich über den Kopf gelegt hatte. Für einen blitzartig kurzen Moment erschien das Antlitz einer jungen, schönen Frau.

»Nicht loslassen. Passen Sie auf den Kleinen auf!«

Dann wandte sie sich um und verschwand in ihrem Wagen. Ich ging weiter. Joshua zeigte sich von alldem gänzlich unbeeindruckt, strampelte weiter auf seinem Schlittenlager. Freilich, Mütter sind nicht nur gut und schön. Sie sind auch hässlich und abstoßend, sie können sich in alles verwandeln, was das Leben aus einem Menschen macht.

Und ich? Was hatte ich eigentlich mit einer gestrandeten Mutter und einem mir nicht zugehörigen Kind vor? Warum tat ich mir das an? Weil mich das Gefühl, diese beiden unter meinem Dach zu haben, aufrichtete und stärkte. Weil jeder Moment mit der Gewissheit ausgefüllt war, etwas Wichtiges zu tun. Eine solche Sicherheit, meine eigene Bedeutung betreffend, war mir zuletzt vergönnt gewesen, als Schwester Eremberta mir den ehrenvollen Auftrag erteilte, eine brennende Kerze durch die Kirche zu tragen und sie vorne am Altar dem Prälat Gstettner zu überreichen.

Ernsthaft, Gossec?

Den Glauben an die eigene Bedeutsamkeit hält man nur dann aufrecht, wenn man etwas im Dienste einer Sache tut, die einen übersteigt. Herumkarriolt bin ich genug, blöde Ideen kommen mir in Hülle und Fülle, und Scheiße aller Art baue ich am laufenden Meter – warum also nicht Frau und Kind hüten?

16

Als ich den Müll zu den Tonnen in den Hof hinaustrug, trat ich auf Glas. Die Herkunft der Scherben war schnell auszumachen: Eine Fensterscheibe in der Souterrain-Wohnung von Frau Loibl und Herrn Sinzinger war zerbrochen. Ich schaute durch das große Loch hinein und sah, dass es schon einigen Schnee hineingeweht hatte. Eigentlich hatte ich für heute die Schnauze von Hilfsaktionen voll, aber reflexhaft stellte ich dann doch den Mülleimer auf der Treppe ab und klingelte. Lange tat sich nichts, dann öffnete Frau Loibl. Sie trug eine Pudelmütze und hatte einen etwas räudigen Teddymantel übergezogen. Ein Blick genügte, das Leiden an der Welt war ihr ins Gesicht geschrieben.

»Was ist denn los?«

»Da schauen Sie her!«

Sie öffnete die Tür und wies mir mit einer Kopfbewegung den Weg zur Küche.

»Saukalt hier!«

Den Tiefen ihrer Brust entschlüpfte eine Art Lachen, das einem Stöhnen sehr nahe kam und das wie ein erhobener Zeigefinger wirken sollte. Es galt zum wiederholten Mal zu beweisen, wie abgrundtief schlecht diese ganze Welt doch eingerichtet war.

»Bei dem, was uns hier im Haus noch alles droht, ist das auch schon wurscht.«

In der Küche fand ich genau das vor, was ich durch das zerbrochene Fenster gesehen hatte. Fensterbank und Küchentisch waren von einer zarten Schneedecke überzogen. Neben dem Herd stand mit einer großen Flasche Rum und einer Packung Würfelzucker alles, was man benötigte, um sich einen Grog zu brauen. Gegenüber, so sah ich jetzt, saß Sinzinger, eingemummt in eine rosa geblümte Bettdecke, und steckte seinen Schnauzer in das Glas.

Ich stand eine Weile lang da und rang um Fassung. Statt den Schaden wenigstens provisorisch zu beheben, hüllten sich diese Asis in ihre Bettdecken und tranken Grog.

»Was ist denn passiert?«

Frau Loibl zuckte die Achseln.

»Fragen Sie ihn doch. Wahrscheinlich wollte er was vom Küchenschrank holen, aber der Stuhl ist umgekippt. Wäre nicht das erste Mal.«

»Und dann?«

»Haben wir sofort den Baltus angerufen.«

»Sie haben was?«

»Den Baltus angerufen. Wegen der Hausratversicherung.«

Plötzlich stand Sinzinger mit seiner umgehängten Bettdecke wie ein rosa geblümtes Gespenst in der Tür.

»Und der Gauner hat die Stirn, mir zu sagen, dass unser Hausrat bestens versichert ist. Aber den Glasbruch haben wir da nicht drin.«

Sinzinger drehte ab und kam dann doch noch einmal zurück.

»Was brauche ich eine Hausratversicherung, wenn kein Glasbruch drin ist? Das ist doch Betrug. Oder nicht?«

Hier im Souterrain wie auch ein paar Straßen weiter taten sich Abgründe auf. Hatten die Brüder Baltus doch tatsächlich einem prekär lebenden Paar eine ihrer Versicherungen aufgeschwatzt.

»Aber das lass ich mir nicht gefallen«, schrie Sinzinger aus seinem Sessel in die Küche hinüber.

Zum ersten Mal, seit ich vom Himmel zurück ins Leben gefallen war, fühlte ich mich antriebslos und matt. Vermutlich war das der Regie da oben zu verdanken, dass ich ausschließlich mit Mühseligen und Beladenen konfrontiert wurde. Ich war überfordert. Mich überkam eine geradezu tierische Lust, mir eine XXL-Rolle Prinzenkekse zu holen, mich mit ein paar Flaschen Bier in den Sessel zu fläzen und mir reinzuziehen, was immer auch das Fernsehen bot. Sollten diese Clowns doch selber sehen, wie sie zurechtkamen.

Frau Loibl begann, am Herd zu hantieren und Wasser aufzusetzen. Wahrscheinlich ging es um Nachschub.

»Jetzt lasst doch endlich einmal diese fortwährende Sauferei bleiben!«

Augen so groß und leer wie von einem abgestochenen Kalb sahen mich an. Dann begann Frau Loibl zu wimmern.

»Ich wollte mir doch nur einen Gute-Nacht-Tee machen. Kräuter!«

Wutentbrannt stürmte ich aus der Wohnung hinüber in den Keller, schnappte mir das nächstbeste Brett und meinen Werkzeugkasten und kehrte, so bepackt, in die Küche zurück. Wären die Türen nicht offen gewesen, hätte ich sie aufgetreten. Erschrocken wich Frau Loibl zur Seite aus. Sinzinger in seinem Stuhl gegenüber gab der Tür mit dem Fuß einen Schubs, sodass er nicht weiter zusehen musste, was ich in der Küche anstellte. Mit einem Handtuch wischte ich Tisch und Fensterbrett ab, stieg auf einen Küchenstuhl und nagelte das Brett vor das Fenster. Nun war es noch dunkler in dieser Bude da unten, aber auf Dauer deutlich wärmer. Frau Loibl hielt ihre Hände unter dem Kinn gefaltet, als habe sich vor ihren Augen ein unaussprechliches Wunder ereignet.

»Vielen, vielen Dank!«

Wortlos packte ich meinen Krempel zusammen. Als ich zur Tür hinauswollte, sah ich einen Vorschlaghammer an der Wand lehnen. Was immer Sinzinger damit vorgehabt hatte, reparieren konnte man damit nichts.

17

In der Nacht wachte ich auf, weil mir kalt war. Seltsamerweise war ich außerstande, mich zu bewegen. Ich war wie mit einer Eisenklammer an meine Klappliege gefesselt. Aber war ich denn auch wirklich wach? War das nicht doch Traum oder Einbildung? Ein Register von Versäumnissen und Verfehlungen zog an mir vorbei. Ich habe viel falsch gemacht, aber seltsamerweise wog all das weniger schwer als das, was ich unterlassen hatte.

Längst vergessene Gesichter tauchten auf, Personen, denen ich nur kurz begegnet war, die ich aber links liegen gelassen hatte. Eine entfernte Tante, die ich nie besuchte. Ein Schulkamerad, der mir ein Geheimnis anvertrauen wollte. Der Verkäufer eines Jugendstilschranks, der in Not war und dem ich für sein Stück zu wenig bezahlte. Eine ältere Frau, die, von mir angerempelt, stürzte, was ich jedoch nicht bemerkte, weil ich weiterrannte. Solche Bilder flirrten an mir vorüber. Ich war ihnen ausgeliefert und spürte eine tief sitzende Angst. Es gibt wenig, was mir Furcht einjagt, aber die Bangigkeit, die nun über mich gekommen war, saß mir tief in den Knochen. Alles, was nichts anderes bezeichnete als das, wofür ich mit meiner ganzen Person stand, könnte misslungen sein. Diese Angst war existenziell.

Ich versuchte, ruhig zu atmen, aber es gelang mir

nicht, weil etwas Schweres auf meiner Brust lastete. Mit jedem Atemzug stemmte ich ein Gewicht. Ein Zittern erfasste mich, und mit ihm spürte ich die Anwesenheit des Bösen. Ich rang um Wachbewusstsein, ich kämpfte um die Rückkehr meiner Kraft. Ich rief in mir auf, was mir zum Guten angerechnet werden musste, weil ich mich für andere in die Bresche geworfen hatte. Das Pochen auf mein Guthaben schwächte mich jedoch noch mehr. Wo waren denn die Helfer, die mir zur Seite standen? Dann endlich tauchten in mir nacheinander Gesichter auf. Am Anfang stand Julius. Dann kam der kleine Joshua mit seinem spitzen Mündchen. Schließlich Erika, meine Lieblingswirtin, an ihrem blank polierten Zapfhahn. Zum Schluss zeigte sich unerwarteterweise Riebl.

Jetzt fuhr ich hoch und schüttelte mich. Ganz deutlich hörte ich, dass sich draußen jemand an dem gut verriegelten Eingang zu schaffen machte. Wenn ich die Geräusche richtig deutete, wurden an der Hintertür verschiedene Schlüssel und Haken ausprobiert, um das Schloss zu knacken. Mit großer Sehnsucht dachte ich an den Totschläger, den ich eingebüßt hatte. Ich war wehrlos, zumal dann, wenn der Eindringling über eine Waffe verfügte. Allerdings war mein Verriegelungssystem ziemlich massiv, es ging über die ganze Breite der Haustür. Ich hatte es einfach sattgehabt, dauernd beklaut zu werden. Manche glaubten, ein Trödelgeschäft sei eine Einladung dazu, und dem Händler falle es gar nicht auf, wenn ein paar Stücke fehlten. Deshalb montierte ich dieses monströse

Teil. Vorher schützte es die Wohnung einer älteren Frau, deren Erben mich beauftragt hatten, sie komplett leer zu räumen.

Ich schlich hinüber zur Toilette. Von dem schmalen Vorbau aus hat man durch das Fenster einen Blick nach draußen. Ich schob den Vorhang zur Seite und war sofort sicher, dass ich es mit dem grobschlächtigen Kerl zu tun hatte, der mich schon vor ein paar Tagen im Laden attackiert hatte. Er hatte nach Mariella und dem Kind gefragt und mir Prügel angedroht. Aber was wollte er? Das Beunruhigende war seine Hartnäckigkeit, er verfolgte mich wie ein Schatten.

Ich robbte zurück. Über meiner Haustür waren zwei Scheinwerfer angebracht, die sich über Bewegungsmelder einschalten ließen. Wegen Mariella und des Kindes hatte ich sie abgeklemmt. Dazu hatte ich drüben im Laden in einer Kiste eine Handsirene liegen. Das würde jetzt für Mutter und Kind ganz furchtbar werden, half aber nichts. Ihre Sicherheit ging vor. Ich stellte mich hinter die Tür, schaltete die Scheinwerfer ein und drehte so schnell ich konnte die Kurbel an der Sirene. Kurz darauf wurde es von allen Seiten her laut: Weinen, Schreien, Gebell, aufgestoßene Fenster, Rufe in den Hof hinunter – Tumult hub an. Aber der Kerl flüchtete, das war das Wichtigste. Eine halbe Stunde lang beruhigte ich und erstattete jedem Bericht, der es hören wollte. Dann ließ ich noch einen Goldkopf über die Klinge springen und legte mich wieder hin.

18

Gleich morgens rief ich Julius an und erzählte ihm, was mir in der Nacht widerfahren war. Ob er denn schon ermittelt habe, welchem Halter das Autokennzeichen zuzuordnen sei?

»Schwierig. Am besten ist es, du schaust mal vorbei, dann zeige ich dir, was ich herausbekommen habe.«

Ich meldete mich gleich für vormittags an. Einkaufen wollte ich ohnehin, da war es zu Julius hinüber nur ein Sprung. Wir hatten zwar Werktag, aber die Straßen waren leer. In unserem Viertel kam man nur noch mit einem Geländefahrzeug oder einer Pistenraupe vorwärts. Die großen Straßen hatte man mit viel Aufwand gängig gemacht. Autos, die schon länger geparkt standen, waren von einer kompakten Schneehülle zugedeckt. Ihre Form ließ sich kaum noch erahnen. Wer seinen Wagen suchte, musste graben. Auch die Hausmeister hatten den Kampf gegen den Schnee verloren gegeben, die Gehsteige waren kaum oder nur unzureichend geräumt.

Als ich jedoch in die Nähe der *Sun Bay* kam, hörte ich das vertraute Scharren und Kratzen einer Schippe. Am Gerät war Rudi Butz, ein mageres altes Männlein mit bunter Indiomütze. Rudi Butz war im Lauf der Jahre im selben Maß geschrumpft wie sein Geschäft. Nur seine massive Hornbrille hatte die gewohnten

Dimensionen beibehalten. Vor zwei Jahrzehnten war er bei uns im Viertel noch eine große Nummer gewesen. Ein Sonnenstudio aufzumachen war clever, es zeugte von einem überlegenen Sinn für die Bedürfnisse der Zeit. Inzwischen war die Erkenntnis gereift, dass man sich Melanome ebenso gut in freier Natur holen konnte und dafür in kein Sonnenstudio mehr gehen musste. Für den Preis eines Jahresabos bei Rudi flogen Unverbesserliche über Weihnachten nach Australien und ließen sich dort ordentlich durchrösten.

»Servus, Rudi.«

»Habe die Ehre.«

Heute fiel mir auf, dass selbst er ziemlich blass war. Kein gutes Zeichen! Der Inhaber des Studios war früher ein selbstbewusster Unternehmer gewesen. Als er mich anrief, um eine Ladung antiquarischer Bücher für seine Wohlfühl- und Leseecke zu bestellen, schmetterte er seinen Namen so zusammenhängend und schmissig, dass Rudi Butz wie eine getunte Mischung aus *Rubbel die Mark* und *Wilde Wutz* klang. Müßiggänger, Playboys und Stars waren stets gut gebräunt, während der einfache Mann weder Muße noch Geld für eine UV-Bestrahlung besaß. Drinnen hingen signierte Fotografien an der Wand, aber man durfte bezweifeln, dass Roy Black, Bata Illic oder Chris Roberts dieses Sonnenstudio je besucht hatten. Damals konnte sich Rudi in der Auswahl seiner Kundschaft noch anspruchsvoll geben. Zugang in die aufregende Welt der Sonnenbänke und UV-Duschen hatten nur die Inhaber seiner Goldcard. Sie war Personen vorbehalten, die er der *Bussi-Bussi-* und *Stößchen-hier-Stößchen-da-*Gesellschaft zurechnete. Später musste er Interessenten mit Werbewochen und Aktionen, wie *Viermal zahlen, fünfmal bräunen!*, baggern. Die *Sun Bay* befand sich auf dem absteigenden Ast. Einem Offenbarungseid kam dann die Bräunungsdusche *RunTanTan* gleich, bei der UV-Licht durch Farbe ersetzt wurde. Man stellte sich eine Minute lang in eine Kabine, aus Düsen kam feiner Sprühnebel, und man verließ dann milchkaffee-, schoko- oder espressogebräunt das Studio. Wenn man nicht zu viel duschte, war eine Haltbarkeit von einer Woche garantiert.

Inzwischen war nur noch der Prolet braun; wer etwas auf sich hielt, zeigte vornehme Blässe. Logischerweise hatte diese unselige Entwicklung Rudi Butz ausgezehrt. Aber Rudi war ein Steher. Irgendwann würde diese Krebshysterie beendet sein, einschlägige Studien entlarvten sich als Schwindel, und ein dankbares Publikum tankte wieder Sonne unter seinen Qualitätsgeräten. Diese Zuversicht hielt ihn aufrecht und ließ ihn jeden Morgen auch bei Wind und Wetter sein Studio aufschließen. Dann saß er hinter seiner frisch desinfizierten und gewienerten Theke und wartete. Mangels Einsicht in die veränderten Verhältnisse dekorierte er sein Schaufenster um, vielleicht war ja die Kundenansprache ungenügend. Aber unter der Sonne schmurgelt offenbar der letzte Rest Verstand dahin. Jedenfalls fällt ihren Freunden keine andere Werbebotschaft ein als dieser *Be-happy*-Blödsinn aus Bikini, Palme und Kokosnuss. Und wer das sorgenzerfurchte Gesicht von Rudi vor dieser knallgelben Kulisse sah, war ohnehin schon bedient.

»Wie geht das Geschäft?«, fragte er.

»Passt schon. Und selber?«

»Wird schon wieder.«

Wovon der Mann lebte, war mir schleierhaft. Es hieß, er wohne nun auch in seinen Geschäftsräumen. Aber vielleicht hatten ihn ja auch die goldenen Zeiten des UV-Bräunens genug Reserven ansammeln lassen. Er musterte mich aufmerksam. Früher hatte er mir mit dem Hinweis auf meine ungesunde Gesichtsfarbe ein Schnupperabo anzudrehen versucht. Aber das einzige Abo, mit dem ich mich anfreunden kann, sind die zwanzig Flaschen in einem Bierkasten.

Endlich langte ich bei Julius an. Man konnte nicht behaupten, dass der Gang durchs Schlachthofviertel für mitfühlende Seelen besonders aufbauend wäre. Allerdings strebt der Mensch ja nie nach absolutem, sondern nur nach relativem Glück. Es half, wenn man sich bescheinigen konnte, im Gegensatz zu seinen Mitmenschen noch nicht am Tiefpunkt eines armen Schweins angekommen zu sein.

19

Julius platzierte mich neben sich auf einen seiner Holzdrehstühle. Die dort abgelegten Platinen und Bauteile packte er auf die Fensterbank.

»Einen legalen Weg, über das Autokennzeichen an den Namen des Fahrzeughalters zu kommen, gibt es bei uns nicht.«

Prüfend sah er mich an. Ich zuckte die Achseln.

»Man kann natürlich einen Schadensfall fingieren, um so an die Versicherungen oder die Polizei heranzutreten.«

Ich schüttelte den Kopf.

»Genau. Das wollte ich auch nicht. Also habe ich mich in einem Graubereich getummelt. Solche Websites nennen sich KFZ-Flirt oder so ähnlich. Du siehst eine schicke Frau im Cabrio, notierst dir das Kennzeichen und postest es dort mit einer süßen Nachricht.«

»Hallo, scharfe Braut im grauen Spider mit der Nummer XYZ, habe dir Ecke Lindwurmstraße zugewinkt. Bitte melde dich. So in dem Stil?«

»Ja. Über diese oder jene Kennzeichen gibt es schon Informationen, die kannst du bei denen auch abgreifen. Ich habe unter dem Kennzeichen, das du mir genannt hast, folgende Nachricht eingestellt ...«

Mit ein paar Klicks holte er sie auf den Bildschirm. *Guten Tag,* stand da, *habe womöglich Ihre Stoßstange touchiert. Bitte melden!*

»Und?«

»Nach zwei Tagen habe ich folgende Antwort erhalten …«

Ungläubig starrte ich auf den Bildschirm. *Haut für Haut; und alles, was ein Mann hat, lässt er für sein Leben. Aber recke deine Hand aus und taste sein Gebein und Fleisch an: was gilt's, er wird dir ins Angesicht absagen?*

»Klingt ziemlich krank.«

»Kann man sagen. Ich war ziemlich beunruhigt. Offenbar ein Psychopath. Jedenfalls hat mir die ganze Geschichte keine Ruhe gelassen. Irgendwann fiel mir endlich auf, dass dieses Nummernschild doch sehr merkwürdig war.«

»Wie meinst du das?«

»Unvollständig. Da fehlten Buchstaben. Schließlich dämmerte mir, dass es einfach ein ausländisches Kennzeichen sein könnte.«

»Und?«

»Treffer!«

»Wo gehört es hin?«

»Schweiz. Kanton Zürich.«

»Hilft uns das weiter?«

»Unbedingt. In der Schweiz kannst du die Kennzeichen frei recherchieren. Die Daten stehen jedem zur Verfügung. Hier!«

Der eingetragene Halter war Taimur bin Said.

»Meinst du, du könntest …?«

»Versprechen kann ich nichts. Oder glaubst du, ich habe sonst nichts zu tun?«

20

Statt direkt nach Hause zu gehen, machte ich einen kleinen Umweg. An der Ecke stieß ich auf das gewohnte Bild, die Brüder Baltus rauchend und Kaffee trinkend unter ihrem Heizpilz.

»Hey, Gossec«, schrie Dieter.

Ich hob erst mal die Hand. Was ich mit den beiden zu verhandeln hatte, ließ sich nicht schreiend auf Distanz erledigen.

»Ein Zehner für dich, wenn du unseren Firmenwagen ausgräbst. Wie wär's?«

Vermutlich zog ich ein ziemlich verdutztes Gesicht, jedenfalls fingen beide an, wiehernd zu lachen. Was war denn da der Witz? Wohl doch der, einen vermeintlichen Deppen für ein paar Euro zum Schneemaulwurf zu machen. Selten genug, aber in diesem unguten Feixen offenbarten sich die beiden als das, was sie waren: ungehobelte Parvenüs, die glaubten, dass man mit Geld alles zuwege bringen konnte.

»Da steht er.«

Thomas deutete auf einen unförmigen Schneehaufen, unter dem sich ihr lustiger, bonbonfarbiger Beetle befand. Aber auf diesen Schmarren ging ich nicht ein.

»Ihr habt der Loibl und dem Sinzinger eine Hausratversicherung verkauft?«

»Genau.«

Beide zeigten die branchenübliche Schadenfreude, dass es in diesem Fall nichts zu regulieren gab. Ich blieb stehen und klopfte mir den Schnee ab.

»Die zwei haben nicht mal genug für einen anständigen Lebensunterhalt. Ihr macht das wieder rückgängig mit dieser Hausratversicherung.«

»Irrtum«, sagte Thomas. »Vertrag ist Vertrag, und der muss eingehalten werden.«

»Schon aus juristischen Gründen«, ergänzte Dieter.

»Irrtum«, erwiderte ich. »Habe mir bei euch ja lange genug die Füße platt gestanden. Nach jeder Regulierung, egal, ob bezahlt wurde oder nicht, gibt es ein Kündigungsrecht. Alles klar?«

»Sie sollen bei uns vorbeikommen, sag ihnen das, Gossec!«

»Ihr zieht die Kündigung durch, sonst gibt es Ärger.«

Ohne auf Antwort zu warten, wandte ich mich ab.

Als ich endlich zu Hause war und mich meiner Stiefel entledigte, entdeckte ich wieder einen von Titas Kassibern, den sie mir durch den Türschlitz geschoben hatte. Als Betreuerin hielt sie nichts von elektronischen oder gesprochenen Nachrichten, nur auf Papier erlangten sie Gültigkeit. *Riebl geht es nicht gut,* stand da. *Wäre schön, wenn du ihn besuchen könntest. Ich muss heute unbedingt Homeoffice machen.*

Ich kam mir endgültig wie ein Jongleur vor, der viel zu viele Bälle in der Luft zu halten hatte.

21

Ich baute mir einen Doppel-Doppelespresso, setzte mich hinter den Ladentisch und nahm ein Blatt Papier. Schluck für Schluck meditierte ich das Weiße an, denn es dauerte eine Weile, bis das Koffein seinen Dienst tat und die Synapsen frei blies. Der Schub kam dann aus der Körpermitte, stieg hoch ins Hirn und weitete den Schädel, sodass sich der Hinterkopf so geräumig wie eine leere Lagerhalle anfühlte. Nun tänzelte der Stift über das Papier, und ich begann Namen und Stationen zu notieren und sie mit Linien zu verbinden. Was ich jetzt vor mir hatte, kam dem Netz öffentlicher Verkehrsmittel in München ziemlich nahe. Ich schaute hinaus. Der Schneefall hatte wieder eingesetzt, und das Chaos auf den Straßen war vorhersehbar. Ich entschloss mich daher von vornherein, alle Wege zu Fuß zu unternehmen. Es hatte keinen Sinn, sich auf der Straße einkeilen zu lassen oder auf nicht fahrbereite Busse und Bahnen zu schimpfen. In meinen Rucksack packte ich eine Thermoskanne voll Tee, Proviant würde ich mir beim Bäcker Bachl holen. Dann rief ich Tita an, die, wie sie mir geschrieben hatte, heute Homeoffice machte, und bat sie, auf Mariella und das Kind aufzupassen. Zuletzt sicherte ich Laden und Wohnung, gab Mariella die Schlüssel und stiefelte los.

Frau Vitzthum stand bei Bäcker Bachl im Laden.

Sie war so rund und ausgepolstert, dass sie sich mit einem leichten Mantel und einem Kopftuch begnügen konnte. Bachl, ein Hüne mit lang gezogenem Schädel, trug wie immer Pepitahosen und ein graues, ehemals weißes Hemd. Bachls Gesichtsfarbe war berufsbedingt bleich, bemehlt sah er wie die grobe Bauernausgabe eines Pierrot aus. Frau Vitzthum liebte das Gespräch über die früheren Zeiten, in denen man noch jung und schön und auch sonst alles besser war.

»Warum habt ihr denn keine Eiweckerl mehr?«

»Weil man einen eigenen Teig dazu ansetzen müsste.«

»Und das lohnt sich heutzutage nicht mehr?«

Bachl beugte sich über die Theke.

»Wie viele nimmst du denn ab, wenn es welche gibt?«

»Na ja, zwei täte ich schon ...«

»Da haben wir es doch. Ohne Lauge, Mehrkorn, Kürbiskern und so was kannst du heute nichts mehr verkaufen.«

Ich wartete geduldig. In ein paar Minuten würde Frau Vitzthum wieder in ihrer Wohnung sitzen. Sie lebte allein. Wenn ihre Tochter nicht anrief, würde dieses Gespräch am Ladentisch einen Höhepunkt in ihrem einförmigen Tagesablauf aus Einkaufen, Kochen, Abspülen und Fernsehen darstellen. Man wünschte sich, dass Menschen wie sie wenigstens einmal in ihrem Leben über ihre engen Verhältnisse hinausblicken könnten.

Da passierte ein Wunder!

Plötzlich riss Frau Vitzthum den Kopf herum. Draußen vor dem Schaufenster lief eine Gruppe von fünf gut eingepackten Kindergarten-Zwergen vorbei. Sie hielten sich an den Händen, wie es ihnen wahrscheinlich ihre Betreuerin eingeschärft hatte.

»Ja, so was!«, entfuhr es Frau Vitzthum. »Wo kommen die denn her?«

Bachl sah ebenfalls hinaus. Dann richtete er sich zu voller Größe auf und stemmte die Arme in die Hüften.

»Vor allem: Wo gehen die hin?«

Wie ein Blitz schlugen diese tiefgründigen philosophischen Fragestellungen in Bachls schlichtem Verkaufsraum ein und illuminierten ihn taghell. Ich tippte mit dem Geldstück auf die Glastheke, beugte mich vor und konnte nicht anders, als nun auch das Meine beizusteuern. Schließlich hatte man sich in antiquarischen Büchern das eine oder andere angelesen.

»Nicht zu vergessen: Wie sollen wir leben?«

Frau Vitzthum wandte sich mir zu. Andächtig sah sie mich an, dann nickte sie. Bachl hantierte an der Kasse und ließ sie mit einem Glockenschlag aufspringen.

»Da täte mir schon was einfallen.«

»Was denn?«

Bachl stützte sich mit beiden Fäusten auf seiner Theke auf und hob sinnierend seinen massigen Schädel. Dann begann er zunächst, die Eintönigkeit seiner Tage aufzurollen. Den Tod seiner Frau. Die ewig gleichen Verrichtungen. Die harte Konkurrenz der billigen Industriebäcker. Das Wagnis der Handarbeit heutzutage. Die Linie war klar, er würde so nach und nach aus der Kritik seiner alten Welt eine neue erstehen lassen. Und Frau Vitzthum stand da, beseelt und mitgerissen von der unerwarteten Tiefe, die dieses Gespräch gewonnen hatte. Ich war bereits an der Tür und versuchte, mich unbemerkt davonzuschleichen, aber Bachl wurde auf mich aufmerksam.

»Um Gottes willen! Was kriegen Sie denn?«

Ich beschwichtigte, sagte, ich würde ein andermal vorbeikommen. Dann wandten sich die beiden erneut einander zu, und ich ging meiner Wege. Deutlich froher, denn was ich partout nicht ertragen konnte, war dieser Mitleid heischende Sozialblues, das dumpfe Gebücktgehen, das uns jede Kraft und Zuversicht raubte. Das durfte nicht sein, denn der Geist der Bayern ist unbeugsam.

Meine Butterbrezen kaufte ich mir dann, Bachl möge es mir verzeihen, ein paar Straßen weiter in der Metzgerei Schöllinger. Schöllinger stand selbst hinter der Theke, ein schlechtes Zeichen, normalerweise war dies der Platz von Liesl. Sie sei krank, entgegnete er mir auf meine Nachfrage hin. Er sah dabei nicht so aus, als würde er lügen. Schöllinger war ein rundlich muskulöses Kraftpaket, dem man zutrauen konnte, eine Sau auch mit bloßen Händen zu erwürgen, wenn es darauf ankam. Mit seinen pechschwarz gefärbten Haaren und seinem rosaroten Metzgerteint sah er aus wie der Schwarzwälder Schinken in der Auslage.

Schöllinger ging nach hinten; Butterbrezen hatte er nicht vorrätig, sie mussten erst gestrichen werden. Seine Ware war nie so frisch wie die vom Bäcker, bot aber das schöne Extra, dass sie durch ihre Nachbarschaft zu den scharf geräucherten Landjägern und den Cabanossi bereits mit Geschmack verkauft wurde.

22

Es gibt immer noch Leute, die sich darüber mokieren, dass die Chinesen ein Dorf aus dem österreichischen Salzkammergut bei sich im Land perfekt nachgebildet haben. Diese Leute waren noch nicht in München. Auf dem Karolinenplatz wurde im 19. Jahrhundert ein ägyptischer Obelisk errichtet, obwohl damals schon wegen des starken Katholizismus nachweislich niemand mehr an einen Sonnengott glaubte. Aber die ragende, sich nach oben verjüngende Säule hat eben etwas Monumentales, das man – wer war schon Amun-Re? – gerne bei sich am Ort sehen wollte. Dass dieser Obelisk dem bayerischen Heer gewidmet ist, das mit Mann und Maus für Napoleon in Russland unterging, ist so beziehungsreich und sinnvoll, als würden die Ägypter eine ihrer Pyramiden in Gizeh den Bierleichen auf dem Oktoberfest zueignen. Ein Stück weiter wurde mit dem Königsplatz eine Kopie der Akropolis hingeklotzt. Auch daran hat sich niemand gestoßen. Im Gegenteil, man erhob solche Nachbauten in den Rang eines Stils, nannte ihn Neoklassizismus und zeigte dem Griechen, wie es bei ihm noch aussehen könnte, wenn er ein bisschen mehr auf seine Bausubstanz aufgepasst hätte. Dazwischen verläuft die Brienner Straße. Sie hat zwar mit dem *Braunen Haus* und angrenzenden NS-Verwaltungsflügeln eine Phase mit Makeln hinter sich gebracht, heute steht sie aber wieder so strahlend wie eh und je da, während der Name Dachau seinen unguten Beigeschmack beibehalten hat.

Hier hinter dem Königsplatz leuchteten die Schaufenster der Unternehmensgruppe *Sina Boeckl GmbH*. Unter normalen Umständen hätte ich auf dem Absatz wieder kehrtgemacht, denn was war schon von einer Firmengründerin zu halten, die glaubte, durch das Ersetzen von ö durch oe in eine Art Adelsstand aufrücken zu können? Wie beim Konzept *Offene Küche* sah man durch die großflächigen Fenster hindurch, dass auch eine Immobilienfirma mehr leistete, als nur den Telefonapparat anzustarren, ob denn nun bald ein Anruf käme.

Ich klopfte mir den Schnee aus den Kleidern und betrat das lichte Foyer, das nach Art eines Palmenhains gestaltet war. Draußen war es grau, hier drinnen schien die Sonne, erstaunlich, was man mit guter Beleuchtung alles machen konnte. Der Empfangstresen war mit bunten Mosaiken besetzt. Inmitten dieser Oase saß ein junger Mann, knackig gestylt wie ein Hochglanzpage. So weit, so gut, denn nicht nur Zuckermäuse, auch Männer sind mit allem ausgestattet, was zur Verrichtung von Begrüßungs- und Telefondiensten notwendig ist.

»Wir vermieten keine Wohnungen!«

Mir war schon klar, was der Junge damit meinte, und unter anderen Umständen hätte ich mich gegen diese soziale Deklassierung gewehrt. Aber ich hatte höhere Ziele.

»So sieht das hier auch nicht aus.«

Ich nahm meinen Rucksack ab und knöpfte den Mantel auf. Vielen Gesprächen tut es gut, wenn man Gelassenheit ausstrahlt.

»Meine Tante überschreibt mir gerade zwei Mietshäuser. Glockenbachviertel, Toplage. Wenn es bei euch niemand gibt, der mit mir darüber reden möchte, dann gehe ich natürlich wieder.«

In den Augen des Pagen summierten sich meine Bonuspunkte zu einem stattlichen Konto, und ich schoss in der Highscore-Tabelle ganz weit nach oben. Wie ein Flitzebogen schnellte er aus seinem Drehstuhl hoch.

»Aber hallo! Dafür gibt es keinen geeigneteren Ansprechpartner als uns. Darf ich bitten?«

Er geleitete mich zur Sitzecke. Ich war sicher, dass mein Mantel, von Tröpfchen aus geschmolzenem Schnee übersät, vom vermeintlichen Besitz illuminiert, wie eine Robe aus Silberlamé glitzerte. Ich bekam eine Tasse Cappuccino und ein Tellerchen mit fünf dänischen Butterkeksen hingestellt.

»Sie werden gleich abgeholt.«

»Die Chefin wäre mir am liebsten.«

Der Page ging zu seinem Desk zurück und telefonierte. Wenig später landete der Lift surrend im Erdgeschoss. Die Tür öffnete sich, und im hochhackigen Wiegeschritt näherte sich eine Businessblondine im marineblauen Hosenanzug, ein Smartphone in der Hand. Schon im Gehen sendete sie Zuversicht und Selbstbewusstsein wellenförmig wie ein Heizstrahler aus. Das Besondere an ihrem Kleidungsstil war eine farblich passende Krawatte, die sie umgebunden hatte. Das musste man sich erst mal trauen!

»Herzlich willkommen! Sina Boeckl mein Name.«

Sie reichte mir die Hand.

Die Freundin von Riebls Tochter hatte ich mir eine Nummer kleiner vorgestellt, wieseliger, verschlagener. Die Frau mir gegenüber drehte offenbar doch ein großes Rad.

»Wir gehen hoch in einen Besprechungsraum. Hat Oliver Sie gut versorgt?«

»Super Service«, sagte ich und ärgerte mich im selben Moment über diese blöde und anbiedernde Bemerkung. Auch ein Gossec war nicht unschlagbar, das zeigte sich leider bei vielen Gelegenheiten.

Wir fuhren zwei Stockwerke höher.

»Glückspilz«, sagte Sina Boeckl. »Zwei Häuser im gefragtesten Viertel Münchens – da kann man nur gratulieren.«

Sie geleitete mich in ihr Business-Separee. Ungefragt spendierte man mir einen Zweitcappuccino und ein weiteres Tellerchen mit fünf dänischen Butterkeksen.

»Schießen Sie los!«

Ich schaltete auf Autopilot. Das Konzept dazu hatte ich mir vorher zurechtgelegt.

»Zunächst einmal möchte ich vorausschicken, dass ich unser Gespräch als vertraulich betrachte. Nichts davon sollte weitergegeben werden.«

»Wir haben solche Confidential-Erklärungen vorbereitet in der Schublade liegen. Unterzeichne ich gerne.«

»Wenn ich dieses Maß an Vertrauen Ihnen gegenüber nicht aufbrächte, säße ich nicht hier.«

Damit landete ich nach längerer Zeit einmal wieder einen Treffer, der auf meinem Punktkonto vermerkt wurde.

»Wie gesagt, es geht um zwei Mietshäuser, Jugendstil, 1901 wurde das eine, 1904 das andere gebaut …«

Sie zog ihre Brauen hoch und sortierte geistig den verbleibenden Häuserbestand.

»… Adresse würde ich jetzt noch nicht nennen wollen. Beide Häuser sind unsaniert. Die Mieten liegen um zwölf Euro pro Quadratmeter …«

Sie ließ ein Lachen hören, das wie Schleifpapier an rostigem Stahlträger klang.

»… pro Haus acht Parteien …«

»Dachgeschoss demnach noch nicht ausgebaut?«

Ich schüttelte den Kopf.

»Und jetzt wollen Sie wissen, wie man Ihren Besitz auf Vordermann bringt.«

Ich nickte.

»Die Mieten sind zu niedrig. Sie könnten das Doppelte verlangen, und Interessenten würden diese Wohnungen immer noch mit Kusshand nehmen.«

»Aber die Leute sitzen seit Jahrzehnten in ihren Wohnungen …«

»Und? Wollen Sie die durchfüttern?«

Ich schüttelte den Kopf.

»Zunächst einmal modernisieren wir, das steigert

den Wohnwert erheblich. Energetisch, da bekommen wir Zuschüsse. Die Fassade ist vermutlich denkmalgeschützt …?«

Ich nickte.

»… dann bauen wir eben eine neue Heizung ein. Und tauschen die Fenster aus. Lift?«

»Keiner da.«

»Ziehen wir also einen Lift hoch. Ob innen oder außen muss man prüfen.«

»Geld wird mir meine Tante nicht unbedingt hinterlassen.«

»Ist überhaupt kein Thema. Bekommen Sie von jeder Bank oder dem Finanzdienstleister der Boeckl-Gruppe. Kostet Sie zudem nichts, weil Modernisierungsmaßnahmen vollständig auf die Miete umgelegt werden können. Mit elf Prozent im Jahr. Erfahrungsgemäß werfen eine ganze Reihe von Mietern bei Vorlage solcher Pläne schon das Handtuch. Ein halbes Jahr Umbau im Haus, Schmutz, Lärm, verhängte Fenster und hinterher, grob geschätzt, fünfhundert Euro mehr Miete.«

»Im Jahr?«

»Im Monat. Pro Partei.«

»Irre.«

»Das Dachgeschoss bauen wir aus, die leeren Wohnungen sanieren und, passen Sie auf, möblieren wir.«

»Warum denn das?«

»Bei Wohnungen, die möbliert vermietet werden, behindert uns keine Mietpreisbindung. Damit kommen wir auf bis zu vierzig Euro pro Quadratmeter.

Inneneinrichtung machen die Spezialisten von Belcasa bei uns hier im Haus.«

»Gibt aber eine schlechte Presse. Ich stehe dann als Miethai da.«

»Unsinn. Wir machen ein avanciertes Konzept daraus, das wir forsch kommunizieren. Unsere Zielgruppe sind Freelancer, Hipster und digitale Nomaden. Solche Leute haben Geld, bringen allenfalls Koffer, aber keine Möbel mit. Wir bauen kostenloses WLAN für alle ein, verteilen eine App, mit der man seinen Energieverbrauch checken kann, bieten Coworking Space und machen aus dem Hof eine Piazza mit Kaffeeausschank …«

»… und dänischen Butterkeksen.«

Sie lachte.

»Sie haben ja echt Witz. Ich denke, wir verstehen uns.«

»Haben Sie ein paar Prospekte für mich zum Mitnehmen?«

Sie zwinkerte mir mit dem linken Auge zu.

»Hat Oliver für Sie unten bereits zusammengepackt.«

Dann reichte sie mir ihre Visitenkarte. Ich zog aus meinem Geldbeutel ebenfalls eine Karte, die ich mir für solche Zwecke hatte drucken lassen. Mein Kampfname war Sebastian Beisel. Die dort aufgeführte Adresse und Telefonnummer gehörte zur Liegenschaftsverwaltung der Erzdiözese München und Freising. Das kam meistens gut an.

23

Frau Loibl und Herr Sinzinger hatten ausnahmsweise einmal recht: Mit dieser Dame schlug eine Bombe in unser Haus ein. Ich hatte nie darüber nachgedacht, aber nach dreißig Jahren meinen angestammten Bau im vertrauten Viertel verlassen zu müssen – schon allein der Gedanke packte mich eiskalt am Arsch. Aber welche Möglichkeiten hatten wir noch? Selbst wenn es gelang, den alten Riebl wieder zu reanimieren, war die Biologie aufseiten seiner Tochter. Sie würde ihn überleben und erben.

Ich ging die Dachauer Straße stadtauswärts Richtung Herzzentrum. Eine Steigung konnte man das nicht nennen, aber ich schleppte mich den Weg hoch, als hätte ich ganz allein einen schweren Wagen zu ziehen. Außerdem schrumpfte ich. So jedenfalls war mir zumute. Die schlechten Gedanken schoben mich auf eine üble Bahn. Und da kam sie wieder, diese tief in den Knochen sitzende Angst. Angst wovor? Wenn ich sie nur hätte benennen können! Einem Gegner konnte man sich stellen, einer Schwierigkeit entgegentreten, aber dieser Feind hockte in mir selbst. Ich stand nicht mehr im Licht. Ich schämte mich, mir die Vorstellung einzugestehen, die mich dabei wie eine fixe Idee verfolgte: dass nämlich die Schwingen eines Ungeheuers meine Sonne verdeckten.

Vor einem Schaufenster machte ich halt. Schrauben, Werkzeuge und Handwerkerzubehör. Normalerweise richtet mich so etwas auf. Die Welt der funktionierenden Dinge. Eins passt zum anderen. Wenn nicht, gibt es wirksame Mittel, das Widerstrebende passend zu machen. Als Mann möchte man in einer solchen Welt leben. Fehler werden behoben, die Krise ist kein Zustand. Universelle Tools für ebensolche Lösungen. Perfekt!

Aber in meiner Situation warfen solche Gedanken nichts mehr ab. Noch nie war mir so klar wie jetzt, dass der Mensch, aufs Leben hin gesehen, nicht funktioniert, nur Dinge. Mein Spiegelbild im Schaufenster ein Häufchen Elend zu nennen, wäre beschönigend gewesen. Alt, verfallen, bucklig. Kein gutes Gesicht, sondern eine bösartige Fratze. Und hinter mir ein dunkler Schatten, groß und aufgebläht wie der Kerl in meinem Laden. Erschrocken wandte ich mich um.

»Haben Sie Schmerzen? Geht es Ihnen nicht gut?«

Ich blickte in das Gesicht einer alten Frau. Unter einer Persianerhaube schauten graue Löckchen hervor. Ihr Kopf wackelte ständig und ließ die silbrigen Kugeln, die an ihren Ohrringen hingen, hin und her pendeln.

»Danke. Geht schon wieder.«

»Wollen Sie nicht doch lieber mit hochkommen? Bisschen ausruhen?«

Ihre Falten waren nicht mehr zu zählen, ihr Blick war bereits trüb, der Gang unsicher. Aber sie trat mir mit Arglosigkeit gegenüber. Genau so eine Großmutter hätte ich mir immer gewünscht. Verständig, milde, den Menschen zugetan. Ich war kurz davor, sie zu umarmen. Womöglich wäre sie erschrocken. Ich war gerührt, denn in dieser kurzen Begegnung steckte eine lange Geschichte, die sich auf die Schnelle gar nicht erzählen ließ. Eine Geschichte von Menschen, die mir zugeneigt waren, von solchen, die mir fehlten, und natürlich auch von denen, die mich hassten.

Ich bedankte mich und beruhigte sie, so gut ich konnte. Kopfwackelnd ging sie zur Haustüre neben dem Geschäft, winkte mir mit dem schwarzen Lederhandschuh, den sie bereits abgestreift hatte, noch einmal zu und schloss auf.

Ich hockte mich in die nächste Einfahrt, aß eine Butterbreze und trank einen Becher Tee dazu.

24

Riebl in dem lichten Bau zu finden, war nicht schwer. Er lag auf der Allgemeinstation in einem Zweibettzimmer, allerdings war das zweite Bett leer. Das Rückenteil war hochgeklappt, sodass er fast aufrecht wie in einem breiten Sessel ruhte. Über ihm hingen Infusionsflaschen. Die Ständer dazu waren am Gestell befestigt.

»Grüß Gott.«

Ich wartete, um festzustellen, ob er mich erkannte. Er runzelte die Stirn, es arbeitete in ihm.

»Alfons, oder?«

Diesen Test hatte er nicht bestanden. Ich nahm einen Stuhl und setzte mich an seine Seite.

»Wie geht's?«

»Ja mei! Es ist alles nicht mehr so, wie es einmal war. Schau her!«

Er zog das weiße Klinikhemd nach unten und zeigte mir die Operationsnarbe.

»Eine neue Herzklappe haben sie mir eingesetzt. Eine schweinerne!«

Die Vorstellung erheiterte ihn. Er winkte mich heran.

»Bist schon mit dem Motorrad da, oder?«

Ich nickte. Fenster hatte er selbst. Wäre er einigermaßen bei Verstand, hätte er gewusst, dass ich mich zwar mit einer robusten, spikebewehrten 500 cm³-

Eisspeedwaymaschine zu ihm hätte durchkämpfen können, aber nicht mit der von ihm so geliebten Zündapp. Ihn jetzt am Schopf zu packen und in die harte Realität zu tunken, brachte ich nicht fertig. Der Wahn ist meist süßer als die Wirklichkeit.

»Was fährst du denn gerade?«

Diese Frage traf mich nicht unvorbereitet. Wir hatten das schon vielfach diskutiert, und ich wusste zudem, welche Modelle bei ihm in der Garage standen.

»KS 50 Super.«

Anerkennend nickte er. Ein schönes Motorrad, carrera-weiß, mit roter Sitzbank. Mit ihm hätte man sogar bei Nadja Tiller Chancen gehabt.

»Und sonst?«

Ich ergriff die Gelegenheit und erzählte ihm die ganze Geschichte, was uns in seinem Haus drohte. Dass seine Tochter bereits Pläne schmiedete, uns hinauszukicken. Je länger und eindringlicher ich redete, desto mehr schien ihm unser Schicksal nahezugehen. Ich schöpfte Hoffnung, dass durch den Nebel von Demenz und Postnarkose eine klare Botschaft an ihn gekommen sein könnte. Er fasste nach meiner Hand und tätschelte sie beruhigend.

»Weißt du, was ich an deiner Stelle machen würde?«

»Was denn?«

»Ich würde einfach direkt mit dem Hausbesitzer reden, ob da nicht doch noch etwas geht.«

Spätestens jetzt hätte ich mich auf sein Bett werfen und weinen mögen. Meine enttäuschte Miene schien ihn anzurühren. Offensichtlich rumorte etwas in ihm. Ich machte gar nichts, saß einfach da und wartete.

»Ich habe ja auch ein Haus. Aber da werde ich das anders regeln. Die Rosi muss es an eine Genossenschaft verkaufen. Vom Geld her reicht das auch für sie.«

Sein Plan war gut. Eine Genossenschaft schützte die alteingesessenen Mieter. Bezahlt wurde für das Haus kein Spekulationspreis, sondern nur das, was sich aus ihm unter normalen Verhältnissen erwirtschaften ließ. Aber wie sollte man ihn dazu bringen, seinen Willen in die Tat umzusetzen? Ihm sagen, dass Gevatter Tod schon draußen vor der Tür stand? Vielleicht konnte Tita helfen.

Ich blieb noch eine Weile bei ihm und erzählte ihm aus dem Viertel. Altbekanntes und Vertrautes zu hören, belebte ihn.

25

Erschöpft vom Hoffen und Reden pumpte ich mir aus der großen Thermoskanne, die draußen auf einem Tisch stand, noch einen Kaffee und setzte mich in den Aufenthaltsraum. Ein bauchiger älterer Herr saß am Tisch. Vor sich hatte er einige Papiere ausgebreitet. Sein blau-weißer Bademantel war schäbig und an den Rändern bereits ausgefranst. Seine nackten Beine waren so unnatürlich weiß, als seien sie mit phosphoreszierender Farbe bestrichen. Die Füße steckten in braunen Pantoffeln und hatten durch die schwarzen Streifen die Anmutung eines räudigen Hyänenfells. Neben ihm war ein fahrbarer Infusionsständer mit voluminöser Flasche platziert. Die Schläuche hinderten ihn offenbar nicht am Schreiben. Nach einer Weile blickte er mich streng über seine Lesebrille hinweg an. Trotz seines schäbigen Aufzugs beanspruchte er Autorität.

»Gibt es Probleme?«

»Immer. Aber keine, die Sie lösen könnten.«

»Wenn Sie alles besser wissen, meinetwegen! Aber was sich hier in der Klinik auftut, unvorstellbar. Als hätten die Leute vollkommen vergessen, dass sie auch als Patienten noch Rechte beanspruchen dürfen.«

»Und wer sind Sie?«

»Brandhorst. Notar.«

»Und das hier …«

Ich wies auf den Tisch, an dem er saß.

»… ist Ihre Kanzlei?«

»Witze können Sie sich sparen. Einer muss es ja tun. Er weiß nicht, wie man gegen einen Rentenbescheid Widerspruch einlegt. Der Nebenmann erhält einen abschlägigen Bescheid von der Krankenkasse. Das Essen hier ist versalzen. Systematisch! Die alte Frau in der Station nebenan möchte noch ein Testament machen. Die Urinbeutel werden vom Personal zu spät abgenommen. Jeder Besucher glaubt …«

Er deutete auf meine Tasse.

»… er könne sich am Patientenkaffee bedienen.«

Bei seinen Ausführungen wies er mal in diese, mal in jene Richtung und spannte so ein Netz von Problemfällen, in dessen Mitte er wie eine Spinne saß.

»Testament«, hakte ich ein. »Wie kann man denn hier drinnen ein gültiges Testament machen?«

Er rückte seine Brille zurecht.

»Da haben wir's schon! In einer Klinik wie dieser kommt in aller Regel nur das Nottestament zum Tragen. Paragraf 2250 BGB. Nottestament vor drei Zeugen, oft auch Seetestament genannt. Erstens …«

Er streckte den Daumen hoch.

»… ein Ort, der die reguläre notariell beglaubigte Errichtung eines Testaments unmöglich macht.«

»Ich dachte, Sie seien Notar?«

»Außer Dienst, mein Herr. Und hier ohne die Hilfsmittel einer Kanzlei, wie Schreibbüro, Stempel etc. etc. Zweitens …«

Er gab dem Daumen den Zeigefinger bei.

»… Todesgefahr. In diesem Fall ist eine vor drei Zeugen gesprochene Willenserklärung vollgültig. Und drittens …«

Der Mittelfinger kam dazu.

»… Aufnahme einer Niederschrift und Beglaubigung durch die drei Zeugen. So geht das!«

»Stünden Sie denn zur Verfügung, wenn wir hier ein solches Testament erstellen?«

Er nahm die Brille von der Nase und deutete mit dem einen Bügel auf mich.

»Habe ich Ihnen doch angesehen, dass es ein Problem gibt. Melden Sie sich bei der Stationsschwester. Bin ja noch eine Weile lang hier.«

»Vielen Dank. Und wie regeln wir das jetzt mit dem Kaffee?«

»Belassen Sie es bei einer Tasse. Dann bleibt das im Rahmen.«

Er nahm noch meinen und Riebls Namen auf, dann verabschiedete ich mich. Wenn ich mit Tita hierherkäme, dann könnten wir mit Brandhorsts Hilfe die Sache regeln. Gedankenversunken ging ich den Gang hinunter. Plötzlich ging neben mir zischend eine große Aufzugtür auf.

»Vorsicht, bitte beiseitetreten. Notfall.«

Zwei Pfleger schoben eine fahrbare Trage aus dem Lift und begannen Richtung Operationssaal zu laufen. Der Patient war mit einem leichten weißen Tuch bedeckt und trug eine Atemmaske. Aber selbst das wenige, was man von seinem Gesicht noch sah, genügte, um zu erkennen, dass ich dieser Kranke war.

Ich machte Anstalten hinterherzueilen, aber nach ein paar Schritten erfasste mich ein Schwindel, ich hielt mich an der Fensterbank fest, stützte mich vornübergebeugt auf und blickte schwer atmend auf den Hof hinunter. Irgendwann fand ich mich auf der Straße Richtung Innenstadt wieder. Was dazwischen passiert war, wusste ich nicht mehr. Ich als der Notfallpatient, das musste ein Traumbild gewesen sein!

26

Mariella und das Kind waren wohlauf. Ich rief noch bei Tita an, und wir vereinbarten, bei nächster Gelegenheit einen Versuch zu unternehmen, das Testament aufzurichten. Ich war müde, erschöpft und angegriffen und legte mich für meine Verhältnisse früh ins Bett. Meine Träume waren unruhig, voll von Doppelgängern und Selbstbegegnungen. Gegen zwei Uhr wachte ich auf und wälzte mich. Dann nahm ich ein Buch zur Hand, keine fordernde Lektüre, sondern mein Lieblingsbilderbuch: Prinz Eisenherz. Raue Krieger, verführerische Frauen, Ungeheuer – alles schön gezeichnet. Fast wäre ich wieder eingenickt, doch dann krachte es. Scheiben barsten unter wuchtigen Schlägen. Wäre es nur eine gewesen, hätte ich das Geschehen für einen Unfall gehalten, aber das Ganze wiederholte sich viermal. Danach hörte ich noch Geschrei, schließlich war es wieder ruhig im Viertel. Ich schaute aus dem Fenster. Über alles legte sich der Schnee.

Noch einmal holte ich Prinz Eisenherz hervor und schlief endlich wieder ein. Schwer zu sagen, wie lange diese Ruhephase anhielt, aber sicher nicht länger als eine Stunde. Dann läutete es Sturm an meiner Tür. Schlaftrunken linste ich durch den Spion. Draußen standen zwei Polizisten. Ich öffnete einen Spaltbreit.

»Polizei!«

»Das sehe ich. Worum geht es?«

»Wir haben ein paar Fragen.«

»Um diese nachtschlafende Zeit?«

»Wenn es Ihnen lieber ist, können wir Sie auch vorläufig festnehmen und auf dem Revier befragen.«

Nach dieser überzeugenden Argumentation ließ ich die beiden hinein. Um Mariella und das Kind nicht weiter zu stören, setzten wir uns in meinen Laden. Grün und Blau als Uniformfarben liegen in ewigem Hader, mal obsiegt die eine, mal die andere. Nachdem nun die Polizei mehr als vierzig Jahre lang wie eine Truppe von Förstern unterwegs war, hat sich nun wieder Blau durchgesetzt. In Grün war der Polizist im Gelände, wie z. B. im Englischen Garten so gut wie unsichtbar, in Blau gelingt der überraschende Zugriff bei Nacht deutlich besser. Aber für bayerische Verhältnisse wird dieser Konflikt erst dann aufgelöst, wenn man sich endlich zur Lodenuniform entschließen könnte. Grauer Rock mit Silberknöpfen, am Kragen grünes Eichenlaub, weißblaue Armbinde mit Münchner Stadtwappen und schließlich eine zusätzliche Eichel je nach Schießleistung.

»Wo waren Sie zwischen zwei und zwei Uhr fünfzehn?«

Die Polizistin, deren Dienstmütze offenbar einen Dutt beherbergte, führte das Kommando.

»Im Bett.«

»Zeugen?«

»Natürlich keine. Aber dass ich die Wohnung nicht

verlassen habe, sehen Sie schon an meinen Schuhen draußen. Alle Sohlen trocken.«

Auf einen Wink der Kollegin hin ging der Beamte nach draußen.

»Stimmt.«

»Und worum geht es?«, wollte ich wissen.

»Sie werden beschuldigt, die Scheiben des Firmenfahrzeugs der Versicherungsagentur Baltus zertrümmert zu haben.«

»Behauptet wer?«

»Beide Brüder bestätigen, dass Sie wussten, wo das Firmenfahrzeug stand, sie geben außerdem an, entsprechende Drohungen von Ihnen erhalten zu haben.«

Diese Ratten! Auf einen Schlag wurde deutlich, was sie wirklich über mich dachten. Allerdings kapierte ich sofort, was passiert war, denn ich wusste nun endlich den Vorschlaghammer zu deuten, der bei Frau Loibl und Herrn Sinzinger neben der Tür gelehnt hatte.

»Ich war es aber nicht.«

»Die Spuren vom Tatort führen geradewegs hierher in dieses Haus.«

»Dann vergleichen Sie das Profil mit meinen Schuhen. Im Übrigen trage ich Schuhgröße 46. Das ist auffällig genug.«

Der männliche Polizist machte sich draußen zu schaffen. Ich hörte noch, wie die Tür ging. Dann nach einer Weile kam er wieder nach oben und winkte seine Kollegin heran.

»Unten im Keller ist auch noch eine Wohnung.«

Ich sah zu, wie sie nach unten gingen. Das Verhör war beendet, denn neben der Souterrainwohnung war der Vorschlaghammer abgestellt. Ich schloss die Augen, und eine Stimme in mir sagte Nein. Nein, ich würde nun nichts tun, sondern mich einfach wieder ins Bett legen.

27

Es mochte nicht hell werden. Als ich dann doch aufstand und nach draußen sah, erschrak ich. Das Stummfilmdrama *Die weiße Hölle vom Piz Palü* war nun bis ins Schlachthofviertel vorgedrungen, der Schneefall musste die ganze Nacht über angedauert haben. Trotz des Vordachs hatte es hohe Haufen an mein Schaufenster geweht. Sie reichten mir bis an den Oberkörper. Ich packte mich warm ein und begann zu schaufeln. Nach einer Stunde hatte ich Laden und Hauszugang einigermaßen freigeräumt. Den Schnee beiseitezuschieben war einfach, die Frage war, wohin? Die an der Straße stehenden Autos waren ohnehin nicht mehr zu benutzen, also schippte ich sie, wie es andere auch taten, weiter zu. Dann stapfte ich auf einem schmalen Trampelpfad zu Bäcker Bachl, um Semmeln zu holen.

»Tut mir leid«, sagte er, »dass ich Sie neulich dermaßen übersehen habe.«

»Kein Problem.«

Ich musterte ihn. Vielleicht täuschte ich mich, aber er wirkte unter seiner mehligen Gesichtsmaske belebter.

»Sie sind heute der Einzige, der es in meinen Laden geschafft hat.«

Ich sah, dass er etwas auf dem Herzen hatte.

»Der Dame von gestern …«

»Frau Vitzthum.«

»… meinen Sie, dass ich der ihre Semmeln vorbeibringen sollte? Ungefragt?«

»Sehr gute Idee.«

»Vielen Dank«, fügte er hinzu. »Beehren Sie mich wieder.«

Er reichte mir zum Abschied sogar die Hand, und ich bekam endgültig das Gefühl, dass bei ihm etwas gezündet hatte. Draußen schneite es schon wieder.

Der Wagen der Brüder Baltus war provisorisch mit Planen zugedeckt worden. Abschleppfahrzeuge konnten offenbar nicht mehr zu uns vordringen. Wie immer standen sie unter ihrem Pilz, der im Verlauf des Tages den Büroaufgang komplett schneefrei machte. Von Weitem sahen sie noch aus wie zwei Erdmännchen, die den Kopf auf der Suche nach Kundschaft hochreckten. Je näher ich kam, desto mehr zogen sie ihn jedoch ein, dazu die Schultern hoch. Und sie hoben die Arme, Unterwerfung und Demonstration unbedarften Schuldbewusstseins.

»Sorry«, sagte Dieter. »Tut uns echt leid.«

»Missverständnis«, echote Thomas. »Sorry!«

»Zigarette?«, fragte Dieter und zog die goldene Packung aus der Manteltasche.

Ich blieb kurz stehen, drehte mich um, als ob einer hinter mir gemeint sein könnte, zuckte die Achseln und ging weiter. Diesen Ratten musste man die rote Karte zeigen. Aus keinem anderen Grund sonst war ich an ihrem Laden vorbeigestiefelt.

Zu Hause angekommen, stellte ich die Tüte mit

den Semmeln vor meiner Haustür ab und ging hinunter in die Souterrainwohnung. Alles Unangenehme wollte ich auf einen Schlag erledigen, sonst war mir auch das Frühstück noch verleidet. Frau Loibl öffnete und schluchzte auf, als sie mich sah.

»Erzählen Sie mir nichts, ich weiß Bescheid. Daran ist er selbst schuld, der alte Depp.«

Ich trat ein.

»Papier und Stift brauchen wir.«

Sie holte beides von nebenan.

»Hinsetzen!«

Gehorsam nahm sie am Küchentisch Platz. Sie spürte die Macht meines überlegenen Willens.

»Anschrift Brüder Baltus, Datum und Anrede bekommen Sie selber hin. Betreff: Außerordentliche Kündigung meiner Hausratversicherung. Nummer etc. Dann folgender Text. Mitschreiben!«

Schreibbereit sah sie mich an.

»Hiermit kündige ich meinen Vertrag mit Ihnen fristlos. Grund ist die nicht erfolgte Regulierung meines Schadensfalls. Bitte senden Sie mir eine schriftliche Bestätigung.«

Ich musterte sie streng.

»Alles klar?«

Sie nickte.

»Ich werde Ihnen in dieser Sache nicht weiter behilflich sein. Verstehen wir uns?«

Sie nickte noch einmal, dann ging ich.

28

Am Nachmittag waren der Blick aus dem Fenster und die Nachrichten im Radio furchterregend geworden: Oberbürgermeister Dallhammer hatte München offiziell zum Katastrophengebiet erklärt. Von überallher wurden Mitglieder der Hilfsorganisationen im Schutzzentrum Haar zusammengezogen. Allerdings war der Verkehr schon in der Nacht gänzlich zum Erliegen gekommen. Die Herbeigerufenen konnten nur schwer die Einsatzzentrale erreichen oder von dort ausrücken. Es wurde daher die Warnung durchgegeben, nur wenn unbedingt notwendig die Wohnung zu verlassen.

Ich musste es dennoch tun. Auf meiner Liste standen so viele Aufgaben, die keinen Aufschub duldeten. Ich bereitete mich wie auf eine Expedition zum Nordpol vor. Tee, Mineralwasser und belegte Brote. Traubenzucker und Power-Riegel. Dazu ein Klappspaten. Meinem Gespür nach hatte ich mich auf eine längere Reise zu begeben. Die Kammer in meiner Küche war gut gefüllt, Mariella würde keine Not leiden müssen. Für Hilfe in Notfällen instruierte ich Tita und Julius, die sofort herbeikommen würden. Schon wegen der Verhältnisse draußen wurde der mögliche Weggang von Mariella kein Thema. Ich rührte aber auch nicht daran, um sie gar nicht erst auf die Idee zu bringen, meine Wohnung zu verlassen.

Wie sich das alles auflösen lassen würde, war mir nicht klar. Meine einzige Perspektive war, dass ich etwas zu erledigen hatte und alles versuchen musste.

Ich machte mich auf. Die Straßen glichen weißen Hügellandschaften. Nur in der Mitte war eine Schneise notdürftig geräumt. Entlang der großen Achsen waren ständig Schneepflüge unterwegs, um sie passierbar zu halten. Dort begegnete man Trupps, die im Noteinsatz waren. Einsturzgefährdete Dächer mussten freigeschaufelt werden, Notheizungen wurden installiert und Hilfsbedürftige mit Lebensmitteln und Medikamenten versorgt. Alle waren sie zu Fuß unterwegs, schwer bepackt. Manche zogen große, mit Planen bedeckte Hornschlitten hinter sich her, die sich hoch beladen ließen. Allerdings waren die Hilfskräfte nur schwer von denen zu unterscheiden, die die Gunst der Stunde nutzten, um Beutezüge zu unternehmen. Ich blieb daher allein; mich einer Gruppe anzuschließen, um besser vorwärtszukommen, schien mir zu gefährlich. Vermummt und eingehüllt sahen alle gleich aus.

Durch die hohe Schneedecke musste man auf die gewohnten Zeichen und Markierungen verzichten. Die Stadtlandschaft war gleichförmig geworden, die Formen abgerundet. Die Natur hatte die Herrschaft übernommen. In diesem weißen Einerlei verlor man leicht die Orientierung. Die Untergeschosse der Häuser waren von dem Schneewall bedeckt, unter dem auch die Autos begraben lagen. Manche Aufwerfungen waren festgetreten, und man konnte sie besteigen, um von diesen Aussichtspunkten aus einen weiteren Blick zu gewinnen. Ich kletterte hinauf, um zu kontrollieren, ob ich noch auf dem richtigen Weg war. Normalerweise hatte man auf dem Weg in die Innenstadt die Türme des Doms vor Augen, auf welche die Thalkirchner Straße zuführte, aber in dem grauen Dunst reichte der Blick nur einige zehn Meter weit nach vorne.

Plötzlich hörte ich Gitarrenklänge. Durch das Oberlicht schaute ich in eine Bar. Drinnen auf der Bühne war das Equipment einer Band aufgebaut. Verstreut im Raum saßen die vier Musiker, die mir bereits in den Wolken begegnet waren. An der Tür hing ein Schild: *Free music, free drinks, free people*. Allerdings war niemand gekommen. Der Gitarrist hatte auf einem Hocker Platz genommen und schlug ein paar Akkorde an. Langsam schwangen sie aus. Das samtige Moll umhüllte mein Herz schlagartig mit Schwermut. Ich kletterte wieder von meinem Aussichtspunkt herunter und ging weiter.

29

Die meisten Läden waren geschlossen. Wenn überhaupt, hing ein schlampig geschriebenes Schild in der Tür. Ein Discounter jedoch war geöffnet. Drinnen standen die Leute Schlange; wer herauskam, war mit Rucksack und Taschen beladen. In der Nähe des Sendlinger-Tor-Platzes hörte ich ein Summen und Brummen. Es klang, als habe man einen Schwarm von mutierten Großinsekten in einen Raum gesperrt. Als ich dem Ursprung dieses Geräuschs näher kam, sah ich, dass sich die freikirchliche Gemeinde zum Gebet versammelt hatte. Bis auf Weiteres stand offenbar eine Katastrophenandacht auf dem Programm.

Endlich langte ich am Marienplatz an, der einem Schneegebirge glich. Die Räumkommandos hatten den Platz aufgegeben, nur in der Mitte ragte die Säule empor. Die Engel am Sockel samt ihrem Kampf gegen die vier schlimmsten landesüblichen Heimsuchungen, Pest, Krieg, Hungersnot und Ketzerei, waren verschwunden. Der Schnee lag so hoch, dass auch nicht mehr festzustellen war, ob die Buden des Christkindlmarktes abgebaut werden konnten oder ob sie unter einer kompakten Decke begraben lagen.

Der Weg, der gebahnt worden war, führte unter den Arkaden hindurch Richtung Norden. Das Rathaus ließ man unzugänglich. Offensichtlich hatte sogar die Verwaltung das Handtuch geworfen. Entlang der Schaufenster arbeitete ich mich zum Haupteingang vor. Die Tür stand offen. Ich trat ein und blieb zunächst unschlüssig stehen. Von weit her wand sich eine zarte Musik heran, anmutig auf einer Flöte gespielt. Bezaubert von diesen Klängen folgte ich ihnen, bis ich in der glasüberdachten Galerie anlangte. Dort in der Mitte stand eine Frau, gut verpackt in einen dicken Wintermantel und eine Mütze mit Ohrenklappen, und pfiff. Sie wiegte sich selbstvergessen zum Klang ihrer Musik und intonierte dabei so klar und rein, dass die vollständige Illusion eines Flötenspiels entstand. Ich applaudierte, als sie geendet hatte. Erschrocken wandte sie sich um.

»Entschuldigen Sie, aber es klingt so gut, wenn der Raum leer ist.«

»Unbedingt. Das war sehr schön.«

Sie schlug die Augen nieder. Ihre Backen röteten sich.

»Was war das?«

»La notte«, sagte sie. »Seien Sie mir nicht böse …«

Sie wies zum Marienhof, wandte sich hastig zum Gehen und war kurz danach verschwunden.

Ich stieg die Treppen hinauf. Die Büros waren leer, die Schreibtische hatte man unordentlich zurückgelassen; es sah nach überstürztem Aufbruch aus. Im Rathaus wusste man sicher vor allen anderen, dass der Betrieb der öffentlichen Verkehrsmittel eingestellt werden würde, und so hatte das Stadtpersonal die Flucht ergriffen. Unten war es lausig kalt, ich stieg daher weiter nach oben. An einem angenehm temperierten Platz wollte ich eine Pause einlegen. Ich machte es mir schließlich im zweiten Stock in einem der Sessel bequem und baute meine Brotzeit vor mir auf. Als ich den Verschluss der Thermosflasche aufschnalzen ließ, öffnete sich die Bürotür gegenüber.

»Ja, endlich. Ich habe gedacht, ihr habt mich schon vergessen.«

Erstaunt schaute ich die etwas abgerissen wirkende Gestalt an. Ein Mann, ungekämmt, unrasiert, in Decken gehüllt, die er sich nach Art einer Toga um den Leib gewunden hatte, aber ohne Zweifel doch Bürgermeister Dallhammer. Er kam näher und versuchte, sich die Frisur zu richten.

»Sind Sie allein?«

»Ich habe sie alle mit den letzten U- und S-Bahnen heimgeschickt. Die sollen sich um ihre Leute zu Hause kümmern. Aber einer muss die Stellung halten.«

»Auf dem Schreibtisch übernachtet?«

»Eine Couch habe ich schon. Aber das warme Wasser tut es nicht mehr. Wurscht! Rasieren und duschen kann ich auch morgen noch. Solange Telefon und Internet funktionieren, ist man handlungsfähig. Hauptsache, du hast mir etwas zu essen mitgebracht.«

Er setzte sich neben mich.

»Eigentlich nicht. Geschickt hat mich jedenfalls niemand.«

Begehrlich schaute er auf meinen Stapel mit Wurstbroten.

»Wer bist du denn?«

»Gossec. Ein Münchner Bürger, der es ausnahmsweise gut mit dir meint.«

Da er mich beharrlich geduzt hatte, machte ich es ebenso und reichte ihm ein belegtes Brot. Eine solche Schnitte ist zu klein, um sich in sie werfen zu können. Aber genau so sah es aus. Beim Kauen schielte er bereits nach dem nächsten Stück. Mit dem Finger zeigte er auf meine Thermoskanne. Ich zog den Proviant an mich.

»Stopp, so einfach geht das nicht. Das musst du dir erst noch verdienen, wir da draußen haben ja auch unsere Probleme. Folgendes: …«

Ich goss ihm als Vorschuss einen halben Becher Tee ein.

»Wenn einer vor, sagen wir, fünfunddreißig Jahren ein Mietshaus kaufen wollte, hat er ungefähr eine Million Mark hinlegen müssen.«

Dallhammer legte seine Stirn in Falten und nickte.

»Drinnen sind Mieter, die das bisschen Zement, Thermenerneuerung und Abflussreinigung so ausreichend bezahlen, dass der gute Mann immer etwas für sich in die Tasche stecken kann. Eigentlich passiert nichts, das Haus steht da, bleibt, wie es ist, und heute ist es plötzlich das Zwanzigfache wert. Wie geht denn so was?«

Dallhammer breitete die Arme aus.

»So ist er, der Markt! Totale Übertreibung, einfach Wahnsinn!«

»Und was machst du? Du sitzt doch hier im Rathaus?«

»Den Wohnungsbau beleben. Was wir allein im letzten Jahr an Bauland neu ausgewiesen haben …«

»Und?«

»Was und? Das dauert, bis das alles greift.«

»Aha! Ihr habt doch auch fünfunddreißig Jahre Zeit gehabt.«

»Da sind gut und gern hunderttausend Wohnungen entstanden! Aber wenn alle nach München ziehen wollen, bist du machtlos. Der Mietpreis ist ein reines Nachfrageprodukt, verstehst du?«

Ich pfiff durch die Zähne.

»Interessiert aber niemanden. Die Frage ist doch: Was machen wir solange?«

Ratlos breitete er die Arme aus und deutete auf das halbe Wurstbrot. Ich schüttelte den Kopf.

»Bei mir dauert das auch. Okay, probieren wir es mit einem anderen Thema.«

Ich goss ihm zum Trost eine weitere halbe Tasse Tee ein.

»Bleiben wir bei dem Glückspilz, dem das Haus gehört. Wenn der sich eines Tages sagt, eigentlich bräuchten wir jetzt einmal eine richtig gute, ökologisch wertvolle Heizung, außerdem hätte ich gerne einen Aufzug, dann schreibt er einen Brief an seine Mieter, und die bezahlen ihm die Umbauten. Komplett!«

Dallhammer zuckte die Achseln.

»Hinterher ist sein Haus das Zweiundzwanzigfache wert. Eigentlich müssten die Mieter sagen können, wenn wir mal ausziehen, dann nehmen wir unseren Aufzug und unsere Heizung mit. Oder?«

Dallhammer schüttelte den Kopf.

»Gehören zum Haus.«

Dann gab er sich doch noch einen Ruck.

»Modernisierungsmaßnahmen müssten unbedingt gedeckelt werden. Wir haben es ja probiert. Aber in einer Koalition gibt es immer zwei. Wenn die anderen nicht mitmachen, hast du keine Chance.«

»Der Vermieter plant mit ruhiger Hand für Jahrzehnte. Der Mieter frettet sich von Monat zu Monat. Und wenn Maßnahmen beschlossen werden, die nach Gemeinwohl klingen, zahlt grundsätzlich der Bürger, nie der Eigentümer. Ist ihm ja nicht zuzumuten. Jetzt drehen wir den Spieß einmal um. Ich sage, ich bin der Eigentümer von den Wurstbroten. Da denke ich logischerweise nur an mich. Jetzt kannst ja versuchen, mich zu überzeugen, dass es dem Gemeinwohl dient, wenn ich dir was davon abgebe.«

»Mensch, ich habe einen irrsinnigen Hunger!«

»Jetzt komm mir bloß nicht mit dringlichen Bedürfnissen! Solche Dummheiten sagt der Mieter auch oft einmal: Ich habe kein Geld. Ich bräuchte eine größere Wohnung. Ich hätte es auch gern so schön wie mein Vermieter. Dann heißt es doch: Herrschaften, kein Sozialneid, bitte schön. Das hat schon seinen Grund, dass der andere mehr hat. Er ist halt ein bisschen schlauer, fleißiger, geschickter. So wie ich, weil ich mir ordentlich etwas in meinen Rucksack gepackt habe.«

Dallhammer ließ seinen Kopf sinken. Wäre er nicht

der Vorsteher einer so stolzen Stadt wie München, hätte er wohl zu weinen begonnen. Ich beendete das traurige Spektakel und schob ihm zwei Schnitten zu.

»Verstehst du, was ich dir sagen will?«

Er nickte. Dann biss er in das Wurstbrot.

»Politik ist ein Scheißgeschäft, das kannst du mir glauben. Mit Durchregieren ist da nichts. Du füllst von oben einen ganzen Sack Maßnahmen ein. Dann wird auf jeder Verwaltungsebene gesiebt. Unten kommen schließlich ein paar Körnchen an, meist die kleinsten. Du hast Leute in deiner Partei, die dir auf die Finger schauen, die von der Gegenseite sowieso. Du sagst: Brezen! Dann wird verhandelt, sie tunken dich in jedem Ausschuss, du machst Kompromisse, und am Ende hast du nicht mehr als eine Minisemmel gebacken gekriegt. Wenn du sagst: Jetzt reicht's!, hast du sofort die Herren von den großen Firmen und ihre Interessensverbände am Hals. Jeder hat spezielle Daumenschrauben: Gewerbesteuer, Arbeitsplätze, Verlagerung der Produktion ins Umland, von allen Seiten zwicken und piesacken sie dich. Und am Ende bist du der Depp, der nichts auf die Reihe kriegt. So schaut das aus!«

Dann hob er die Hand.

»Trotzdem, ich werde es besser machen.«

»Unbedingt. Ich verlasse mich darauf.«

Dann packte ich meinen Rucksack.

»Hast du schon mal darüber nachgedacht, woran man den echten Münchner erkennt?«

Er hob den Kopf.

»Er redet grundsätzlich über Wohnungen. Haben, suchen, mieten oder kaufen. Verrückt, oder? Denn was ist das schon, ein Dach über dem Kopf?«

Ich reichte ihm zum Abschied die Hand.

30

Entlang der Schaufenster arbeitete ich mich wieder zu den Arkaden zurück. Das Café Meiner war erleuchtet, obwohl außen ein Schild angebracht war, dass geschlossen sei. Drinnen, so sah man, hatten es sich einige Obdachlose bequem gemacht. Stühle waren zusammengeschoben, und ein Lager war darauf bereitet worden. Auf den Tischen standen leere Bierflaschen und Teller, sie ließen es sich gutgehen. Als sie mich bemerkten, winkten sie. Ich solle hereinkommen. Sie an ihrem Tun zu hindern, war nicht meine Aufgabe. Und mehr als zwei, drei Kästen Bier schafften auch so hartgesottene Kerle nicht. Das alte Brot und die bald überständigen Wiener wären ohnehin weggeworfen worden. Dieser Verlust war verschmerzbar für ein florierendes Café.

In einer Passage hockte oben auf den Stufen an einer Eingangstür ein weiterer Penner. Wie eine Mumie war er in seinen Schlafsack gepackt. Ich sagte, er solle zum Café Meiner vorgehen. Dort gebe es zu essen und zu trinken.

Das namhafteste Lokal des Großgastronomen Friedl befand sich direkt am Domplatz. Türen und Fenster waren geschlossen und gut gesichert. Durch die Einfahrt ging ich in den Innenhof, sogar die Fenster zur Küche waren vergittert. Allerdings war die Tür dort hinein offen. Die Küche war dunkel, aber hinten im Lokal neben der Theke brannte Licht.

»Karim, bist du das?«, rief einer.

»Ja.«

Am Tisch saß Friedl. Alte Wirte wie er, die sich so lange im Geschäft behaupten konnten, sehen immer wie gut erhaltene Säufer aus. Die moderne Medizin leistet heutzutage viel, und was die Leute Kopf und Kragen kostet, ist nicht ihr Lebenswandel, sondern der soziale Abstieg. Ich musterte ihn. Rotes Gesicht wegen des obligatorischen Bluthochdrucks, zu viel Fleisch, zu fette Soßen, dazu Stress und Alkohol. Schütteres Haar, das eine Frisur verriet, die der Mann einmal gehabt hatte, als er noch jung und schön war, und ein wuchtiger Seehundschnauzer, der an der Oberlippe kraftvoll ausglich, was oben fehlte. Friedl trug einen Edellodenmantel und hatte einen roten Schal um den Hals gewunden. Vor ihm stand ein Tellerchen mit Emmentalerwürfeln, gesalzen und gepfeffert, dazu ein Klarer.

»Ja, endlich. Ich habe schon gedacht, das wird nichts mehr.«

Ich war noch eingepackt in Mantel und Mütze und blieb vorsichtshalber in einiger Entfernung stehen.

»Du putzen Küche. Geschirr, Besteck. Wischen Flächen. Polieren eins a. Capito?«

Dieser alte Depp kam doch tatsächlich noch aus einem Milieu, wo man verstümmeltes Deutsch für fremdsprachenkompatibel hielt, und alle Ausländer irgendwie Italiener waren. Solche Leute glaubten daran, dass im Prinzip jeder ihre Sprache verstehen konnte, wenn man ihm nur Silbe für Silbe laut und deutlich vorbetete.

Ich trat näher.

»Wo kommst du denn her?«

An der Garderobe steckten zurückgelassene Schirme im Ständer. Oben am Haken hing ein Knotenstock. Ich nahm ihn an mich, denn er würde mir die nötige Autorität verleihen.

»Spielt keine Rolle. Jedenfalls bin ich nicht Karim, dein ausländischer Schwarzarbeiter.«

Ich setzte mich an seinen Tisch. Misstrauisch und ein wenig eingeschüchtert beäugte er mich. Dann begann er zu säuseln.

»Ich habe nichts gegen Ausländer. Gar nichts.«

»Aha.«

Weil Gespräche immer dann am besten funktionieren, wenn sich zwei auf Augenhöhe begegnen, nahm ich mir einen Zahnstocher aus dem Glas und pickte mir einen Käsewürfel vom Teller.

»Magst einen Schnaps dazu?«

Ich schüttelte den Kopf.

»Also gegen Ausländer hast du nichts?«

»Null. Weil bei mir immer Fremde gearbeitet haben. Von Anfang an. Schon vor Jahrzehnten.«

»Sind eben billig.«

»Auch. Aber wenn einer was leistet, verdient er gutes Geld. In der Küche von den Friedlstuben war der Koch ein Schwarzer. Der Spüler war Perser. Die Samira macht heute noch die besten Knödel. Ist mir wurscht, wo die herkommen. Die haben oft mehr Biss und wollen mehr lernen als die Unsrigen. Außerdem …«

Er beugte sich vor.

»Wenn einer fünf Jahre hier verbringt, fünf Jahre in dieser Stadt, dann ist der Mann ein waschechter Münchner.«

»Glaubst du?«

»Jawohl. Und ich sag dir, warum. Die Stadt prägt dich. Die hat einen bezwingenden Einfluss, hier herrscht ein Geist, der dich komplett umformt. Du kommst als Moslem, Hindu oder von mir aus auch Lilliputaner. Aber du gehst als Münchner.«

Befriedigt lehnte er sich zurück. Aber nur kurzzeitig, dann riss ihn der machtvolle Gedanke, den er ausgesprochen hatte, wieder nach vorne.

»München hat eine irrsinnige Kraft, Menschenskind! München ist eine Idee, ein Lebensstil mit allem Drum und Dran.«

Bei jedem dieser Worte haute er mit der flachen Hand auf den Holztisch.

»Flüchtlinge? Von mir aus! Diese Stadt hat den Magen einer Sau. Verdaut wird alles. Auch wenn die zu Tausenden anrücken.«

Nach Art eines Raubvogels sauste sein Zahnstocher herab und spießte einen Emmentalerwürfel auf.

»Also worum geht es?«

»Senior Advisory Board …«

»Da schau her! Woher kennst du denn das?«

»Einladung von Sultan Rasul im City Astoria.«

»Wüsste ich jetzt nicht. Wann soll denn das gewesen sein?«

»Ziemlich genau vor neun Monaten.«

Er überlegte.

»Letzten März? Könnte hinkommen. Aber von unseren Treffen ist nichts für die Öffentlichkeit bestimmt. Gehört zum Ehrenkodex.«

»Ihr macht eure Sachen am liebsten intern aus?«

»Freilich. Man muss ja nicht alles an die große Glocke hängen.«

»Geschäfte in Ormus?«

»Warum nicht. Wir haben hier eine funktionierende Verwaltung und namhafte Firmen, die wissen, wie man eine Infrastruktur auf- und ausbaut.«

»Und du wolltest da mitmischen?«

Amüsiert beugte er sich vor.

»Bierzelt in der Wüste? Mit Teeausschank? Hammelbraten mit Knödel? So ein Schmarren! Straßenbau, Maschinen, Computer – um solche Sachen geht es da. Nichts für mich.«

Er kippte seinen Schnaps.

»Was soll diese blöde Fragerei?«

»Du bist danach noch mit in die Suite gegangen?«

»Lustig war es, freilich. Das wollten wir noch ausklingen lassen.«

»Sultan Rasul, Poschinger, du und die junge blonde Gesellschaftsdame.«

»Aha, schau an, es geht wohl um diese Agenturnutte?«

»Ist sie nur in deiner schmierigen Fantasie.«

Er lehnte sich zurück und lachte.

»Jetzt wird einer empfindlich! Ist sie deine Freundin? Eine, die vom Escortservice kommt und von jedem gebucht werden kann?«

»Du hast sie jedenfalls betatscht und ihr Angebote gemacht.«

»Warum nicht? Man erkundigt sich, ob was geht. Man bestellt. So lernt man das in der Gastronomie. Wenn eine nicht kann oder nicht will, stehst du auf und trollst dich wieder. Wo ist das Problem?«

»Dass einer von euch sie vergewaltigt hat.«

»Es hat sich sehr schnell herausgestellt, dass diese Dame offenbar zu viel getrunken hatte. Jedenfalls hat sie auf dem Sofa einen französischen Abgang gemacht und ist eingeschlafen.«

»Und dann?«

»Haben wir sie auf Vorschlag von Sultan Rasul in ein Nebenzimmer getragen.«

»Aha.«

»Nichts dergleichen. Meinst du, ich mache mich über eine Betrunkene her? So einen Druck habe ich nicht. In meinem Alter bist du schon darauf angewiesen, dass eine mitmacht. Für mich war Schluss der Veranstaltung, habe mich verabschiedet und bin gegangen. So wie du jetzt …«

Draußen in der Küche hörte man das Klappern von Geschirr und Töpfen.

»Karim!«

Ein bulliger, leicht dunkelhäutiger Mann mit umgebundener Schürze kam herbei.

»Bring den Kerl da raus! Küchenausgang.«

Ich erhob mich und packte den Knotenstock. Karim wich zurück, duckte sich und begann, mich zu umkreisen. Einen schwarzarbeitenden Flüchtling zu vermöbeln, brachte ich nicht über mich. Ich ließ den Stock einige Male pfeifend durch die Luft sausen.

»Wenn irgendetwas an deiner Geschichte nicht stimmt, Friedl, sehen wir uns wieder.«

Dann wandte ich mich Karim zu.

»Geh mir aus dem Weg, dann passiert hier niemandem etwas.«

Karim sah Friedl fragend an; der machte eine Bewegung, dass er beiseitetreten möge. Ich ging, wie ich gekommen war.

31

Wind hatte eingesetzt. Er pfiff, wie so oft, um den Dom und wird, wie es heißt, von um ihren Lohn betrogenen Teufeln entfacht. Der feine Schnee wurde aufgewirbelt und hüllte alles in einen eisigen Nebel. Da hörte ich Geschrei. Aus der Gasse kommend, näherte sich ein Trupp Angetrunkener. Sie grölten und sangen. Zwei von ihnen trugen Straßenlaternen, wie sie zur Sicherung von Bau- und Unfallstellen eingesetzt werden. Mich einem aggressiven Haufen auszusetzen, schien mir nicht ratsam. Durch das Seitenportal betrat ich den Dom. Er war leer und wegen der Lichtverhältnisse draußen nahezu dunkel. Nur vorne brannte das ewige Licht. Ich setzte mich in eine der hinteren Bänke.

Eine Kirche hatte ich schon lange nicht mehr betreten. Aber das Gefühl von Verlorenheit erkannte ich sofort wieder, zumal dann, wenn man sich allein dort aufhielt. Das Kirchenschiff bot vor allem nach oben hin viel Raum. Es dauerte, bis man einen Gedanken fassen konnte, der so fest gefügt war, dass er sich beim Aufsteigen nicht sofort wieder verflüchtigte. Wahrscheinlich findet daher das Kirchenvolk in gesammelter Menge leichter zur Andacht. Ich wunderte mich über das, was mir in den Sinn kam, und fragte mich, ob ich überhaupt Herr meiner selbst war. Aber woran erkannte man zweifelsfrei, ob man wach war oder träumte? Ob etwas wirklich oder nur eingebildet war?

Die Betrunkenen draußen waren weitergezogen. Es war nun ganz ruhig. Die Stille hier drinnen entwickelte etwas Saugendes, als würde der Raum einen Beitrag von mir einfordern wollen. Doch dann raschelte es hinter mir. Ich erschrak und wandte mich um. In der Eingangshalle stand hoch aufgerichtet ein großer Mann. Ich erkannte ihn sofort wieder, nicht weil ich sein Gesicht oder seine Gestalt eindeutig bestimmen konnte, sondern weil in mir sofort wieder jene Angst hervorkroch, die mich seit einiger Zeit begleitete. Er war es! Er tauchte auf, wann und wie er wollte, und verschwand ebenso geisterhaft, wie er gekommen war. Seine Absichten verstand ich nicht. Jetzt umgab ihn ein Glosen, die Aura eines schwachen Scheins. Ich sah ganz deutlich, wie er niederkniete und den Boden an der Stelle küsste, an der sich der Teufelstritt befand, ein Fußabdruck mit Sporn, den der wütende Satan dort hinterlassen haben soll.

Ich glaube eigentlich nicht an solche Sagen oder Märchen. Dennoch hielt ich den Atem an, ließ mich vorsichtig zur Seite sinken und legte mich flach auf die Bank. Ich blieb reglos, und irgendwann war es, als habe man meine Geistesgegenwart ausgeknipst. Von da an fehlt mir ein ganzes Stück in meiner Erinnerung. War ich vielleicht eingeschlafen? Als ich die Augen öffnete, hatte ich die Kirchenkuppel über mir. Ich lauschte. Alles war ruhig. Vorsichtig kroch ich unter der Bank entlang und stand erst wieder hinter einer der großen Säulen auf. Auf Zehenspitzen verließ ich den Dom.

Nein, ich wusste nicht, ob ich mich in einem Traum befand und in welchem. Sicher war nur, dass ich Eindrücke empfing, die klar und fassbar an mich kamen. Die Frage, ob ich so tun konnte, als sei alles unwirklich, stellte sich daher nicht. Gleichgültig wie, ich musste alles nehmen, wie es sich mir darbot, und mich dazu verhalten. Nur dann wahrte ich die Chance, mich unbeschadet aus diesem Gespinst befreien zu können. Wahrheit oder Täuschung, was machte das für einen Unterschied, wenn man in ihnen handelt und lebt?

32

Der Feinkostladen von Poschinger befand sich unweit des Doms. Hinter der anheimelnden Bezeichnung Laden verbargen sich kaufhausgroße Verkaufsfluchten, deren fast museale Innenausstattung die Traditionsgarnitur eines stattlichen Firmenkonglomerats abgab. Über hundertfünfzig Jahre war das Haus ein Familienbetrieb geblieben und wurde heute von Hugo Poschinger, dem letzten seines Stammes, geführt. Obwohl er sich mit ständig wechselnden Bekanntschaften sehen ließ, konnte oder wollte er keine Frau schwängern, nicht einmal unehelich. Jedenfalls war bislang kein legitimer Sohn und Nachfolger aufgetaucht.

Viel Hoffnung, ihn anzutreffen, hatte ich nicht. Tatsächlich war der Laden geschlossen und mit schweren Gittern gesichert. Ich deckte meine Augen seitlich ab und schaute in den Laden hinein. Ganz hinten tanzte ein Lichtpunkt. Ich wartete und sah zu, wie er sich näherte und daraus ein Kegel wurde. Ein Wachmann in grauer Uniform und Schirmmütze überprüfte die Räumlichkeiten. Kurz traten die von der Decke hängenden Würste und Schinkenseiten, die in Regalen aufgestellten Konfektschachteln, die porzellanenen Kaffee- und Teebehälter und die bauchigen Flaschen der Spirituosenabteilung hervor.

Den Mann beim Verlassen des Ladens abzupassen

und nach Poschinger zu befragen, schien mir eine gute Idee. Durch den geschwungenen Torbogen betrat ich den Innenhof und folgte einem Schild, das auf den Lieferanteneingang hinwies. Dort an der Tür bewegte sich etwas. Ich blieb stehen und drückte mich in eine Mauernische. Ich machte zwei Männer aus, die vor der Ladentür Position bezogen hatten. So, wie sie sich links und rechts des Zugangs aufgebaut hatten, verhieß das nichts Gutes. Sie versuchten, sich unauffällig im Schatten zu halten. Ich ließ meinen Rucksack zur Seite gleiten und zog den Klappspaten hervor.

Dann ging es ganz schnell. Die Tür wurde geöffnet, der Wachmann trat heraus, ein Schlag, ein erstickter Schrei, und die Taschenlampe fiel in den Schnee. Die beiden stürzten sich auf ihn und versuchten, seine Hände am Rücken mit Klebeband zu verschnüren. Aber auch ich war losgelaufen und stand nun hinter den beiden, die sich an dem am Boden liegenden Wächter zu schaffen machten. Es war eine instinktive Hemmung, die ich gar nicht bewusst registrierte, aber ich verzichtete darauf, die Angreifer mit dem Metallblatt meines Spatens am Kopf zu treffen. Dem ersten schlug ich jedoch so wuchtig gegen die Schulter, dass er zur Seite in einen Schneehaufen geschleudert wurde. Den anderen, der sich mir zugewandt hatte, traf ich an der Brust, und er kippte röchelnd nach hinten. Dann kümmerte ich mich um den Wachmann, packte ihn und drehte ihn herum. Er war noch benommen, aber wach genug, die Gefahr zu erkennen.

»Vorsicht!«

Ich drehte mich um und hielt meinen Spaten wie einen Speer nach vorne. Der Angreifer drehte sofort ab, zog den am Boden liegenden Kumpanen hoch, und zusammen liefen sie aus dem Hof hinaus.

»Rettung in letzter Not.«

Der Wachmann sah hoch zu mir und versuchte sich an einem Lächeln. Seine Mütze lag im Schnee, an der linken Seite seines Schädels wuchs zusehends eine Beule. Ich half ihm auf. Er stand unsicher, taumelte und ging wieder in die Knie.

»Und das, wo ich noch im Dienst bin.«

Er schüttelte den Kopf. Er gehörte zu denen, die nichts anderes als das Funktionieren gewohnt waren. An seinem Revers trug er ein Schild, auf dem *Ludwig Fuchs, Security* stand.

»Hör zu, Ludwig, du musst zum Arzt, ins Krankenhaus oder wenigstens heim. Eine Gehirnerschütterung nimmt man nicht auf die leichte Schulter.«

Er zog sich am Türpfosten hoch und hielt sich fest.

»Herrschaftszeiten! Das wäre das erste Mal seit dreißig Jahren, dass ich ausfalle.«

»Passiert halt. Was steht denn noch an?«

»Kontrollrunde drüben beim Chef.«

Ich horchte auf.

»Wo ist er denn?«

»Im Alten Hof.«

Wieder machte er Anstalten loszulaufen, war aber so wacklig auf den Beinen wie ein Betrunkener.

»Ich mach's für dich, Ludwig.«

Ludwig bückte sich mit Mühe, fischte seine Schirmmütze aus dem Schnee und wischte sie mit dem Ärmel sauber. Dann hielt er sie mir hin. Ich verstand schon, dass diese Geste als Ermächtigung gemeint war. Ludwig Fuchs übergab seinen Sheriffstern an mich. Dass einer mit einem so schlichten Gemüt ausgestattet sein konnte, war eigentlich saukomisch. Aber er tat mir leid, zumal er meine Ernennung mit großer Würde vollzog. Ich unterdrückte daher das Lachen, das in mir aufstieg. Stattdessen wies ich auf das Metallschild an seinem Revers.

»Ich glaube, das reicht als Legitimation.«

Er nahm es ab und reichte es mir. Dann erklärte er mir, was ich zu tun hatte. Nach Erledigung der Runde solle ich das Schild hier einfach in diesen Briefkasten neben der Tür werfen. Er gehe wieder nach drinnen. Dort habe er eine kleine Loge mit Liege. Zum Abschied legte er mir die Hand auf die rechte Schulter.

»Du bist wirklich ein guter Kerl.«

Auch das war schlicht, aber innig. Das hatte schon lange niemand mehr zu mir gesagt.

33

Ich ging hinüber zum Alten Hof und fand auch gleich das Haus mit der gläsernen Fassade, das mir Ludwig beschrieben hatte. Unten am Eingang war ein Zahlencode einzugeben. Ein Summer ertönte, und die Tür ließ sich öffnen. Mein Kontrollgang führte mich zunächst in den Keller, auch er öffnete sich nach Eingabe des Codes. Die Räume dort waren klimatisiert, normalerweise gekühlt, bei den Temperaturen draußen nun aber leicht geheizt, um wertvolle Rotweine zu lagern. Das digitale Thermometer zeigte elf Grad. Hätte es deutlich darüber oder darunter gelegen, hätte ich die technische Assistenz zu verständigen gehabt.

Die Flaschen waren staubig, lagen in Holzregalen dicht nebeneinander, nach Ländern und Regionen geordnet. Es mochten mehrere Tausend Flaschen sein, jede davon einige Hundert Euro wert. Allein die Vorstellung, einen solchen Wein zu trinken, überforderte mich. Bei jedem Schluck tickte ein innerer Eurozähler mit, der mich jeglichen Genuss vergessen lassen würde. Wie ich es Ludwig versprochen hatte, lief ich alle Regale ab, fand weder zerbrochenes Glas noch ausgelaufenen Wein und verriegelte daher wieder die Tür.

Nun sollte ich noch in den zweiten Stock zu Hugo Poschinger, um ihm zu sagen, dass in Geschäft und Lager alles in Ordnung sei. Ich fuhr mit dem Aufzug nach oben und klopfte an seine Tür.

»Ludwig?«

»Ja.«

Ein älterer, etwas korpulenter Mann öffnete die Tür. Er trug eine lange Schürze. Ich hatte Ludwigs Schild in der Hand und wies es vor.

»Was ist mit ihm?«

»Gehandicapt. Er ist überfallen worden.«

Poschinger bat mich in seine Wohnung. Ich erstattete ihm einen kurzen Bericht.

»Dann bin ich Ihnen ja wirklich etwas schuldig.«

Das Zentrum seiner Wohnung war eine weitläufige, offene Küche, die von einem gediegenen Wohnbereich mit Sitzlandschaft umschlossen war. Der Küche vorgelagert war eine Theke mit Marmorplatte. Dort standen einige offene Flaschen Rotwein, daneben Backblech, Töpfe und Schneebesen. Er hatte an einem Rezept gearbeitet, offensichtlich Süßigkeiten, was eine Form mit runden Vertiefungen verriet, in der sich Pralinen befanden.

»Das Thema ist Wein und Schokolade. Was passt zueinander? Also habe ich Pralinenhohlkörper aus feinster Schokolade gegossen und sie unterschiedlich gefüllt. Ausgangsbasis ist eine Pariser Creme. Ich habe sie pur verwendet, dann mit Zimt verfeinert und als dritte Variante habe ich noch Aprikosengelee mit Lavendelblüten untergezogen. Wollen Sie probieren?«

»Natürlich gern.«

Er goss Rotwein in ein bauchiges Glas und drapierte dann drei Pralinen auf einem Tellerchen. Dann schlüpfte er aus seiner Schürze und stellte den Wein mit den Konfektstücken und einem großen Glas Wasser auf ein Tablett.

»Erst den Wein, es ist ein Bordeaux, dann die Pralinen. Ordentlich Wasser trinken, dann wieder von vorn.«

Ich nahm den Wein und schwenkte ihn ein wenig unbeholfen im Glas. Man machte das so. Dann hielt ich meine Nase hinein. Gefällig konnte man dieses Aroma nicht nennen, eher streng. Ich trank einen Schluck. Poschinger musterte mich über seine braune Lesebrille hinweg.

»Und?«

»Hm. Ungewohnt für mich. Wenn Sie mir das nicht übel nehmen: Holzig, fast ledrig am Anfang. Am Schluss aber wie Johannisbeeren.«

»Nicht schlecht! Aus Ihnen könnte noch ein Kenner werden. Jetzt einen kräftigen Schluck und eine Praline dazu.«

Ich tat, wie mir geheißen wurde, und probierte so alle Pralinen durch. Er saß ruhig mit übereinandergeschlagenen Beinen da und wartete. Poschinger trug eine markant senfgelbe Cordhose und einen knallroten Pullunder. Jedesmal, wenn ich ihn ansah, hatte ich das Gefühl, dass es im Raum um einige Lux heller wurde.

»Und?«

»Mit der Creme pur schmeckt das wie Pudding, der Zimt passt einfach nicht dazu, aber das fruchtige Gelee ist eine schöne Abrundung.«

»Noch ein Glas zum Abschluss?«

Ich nickte. Wenn man den Anfangswiderstand erst überwunden hatte, ging der ungewohnte Stoff gut ab.

»Ich hätte auch eine Frage an Sie.«

Erstaunt wandte er sich mir zu.

»Dann war Ihr Auftauchen kein reiner Zufall?«

»Nein. Ich hatte gehofft, Sie sprechen zu können.«

»Worum geht's?«

»Senior Advisory Board. Einladung von Sultan Rasul vor neun Monaten.«

»Was haben Sie damit zu tun?«

»Mir geht es um die junge Frau, die Gesellschaftsdame.«

»Nettes Mädel. Sehr gebildet, elegant in der Konversation. Hat sie Probleme?«

»Sie ist an diesem Abend vergewaltigt worden.«

»Zweifel ausgeschlossen?«

»Definitiv. Sie wurde schwanger und hat jetzt ein Kind. Darf ich fragen, warum Sie noch mit in die Suite des Sultans gekommen sind?«

»Wirtschaftliches Interesse. Wir vertreiben Kaffee- und Snackautomaten weltweit. Im arabischen Raum sind wir gut vertreten. Da hieß es für mich: dranbleiben!«

»Dann waren Sie bis zum Schluss dabei und haben geholfen, Mariella in das Nebenzimmer zu tragen.«

»Habe ich. Ich hatte den Eindruck, dass sie sich vollkommen übernommen hatte. Jedenfalls ist sie einfach weggesackt.«

Er schwenkte sein Glas und roch hinein.

»Und jetzt wollen Sie wissen, ob ich es gewesen sein könnte?«

Ich nickte.

»Wenn Sie sich über mich kundig gemacht haben, haben Sie gelesen, dass ich unverheiratet und ohne Nachkommen bin?«

»Ja.«

»Wenn Sie in einschlägigen Blättern ein bisschen tiefer schürfen würden, wüssten Sie, dass Frauen nicht unbedingt meine Leidenschaft gilt. Ich habe es mehr mit Männern. Alles klar?«

Ich lehnte mich zurück. Zweifel an seiner Feststellung hatte ich keine. Er war ein freundlicher Zeitgenosse und schien mir auch sonst vertrauenswürdig. Ich trank das Glas aus, bedankte und verabschiedete mich.

34

Eigentlich hatte ich noch im Hotel City Astoria einen Versuch unternehmen wollen, Sultan Rasul anzutreffen. Aber es zog mich nach Hause. Morgen oder sobald ich konnte, wollte ich die Sache in Angriff nehmen. Ich vergaß nicht, Ludwigs Schild in den Briefkasten zu werfen, und arbeitete mich durch den Schnee hindurch Richtung Schlachthofviertel. Ich ging genau denselben Weg wie damals, als mich der Lastwagen auf die Hörner nahm. Bei diesem Gedanken verspürte ich ein Stechen in der Brust, denn der Satz, den ich hatte denken wollen, lautete eigentlich: Ich ging genau denselben Weg wie damals, als ich noch lebte. Wie es sich damit verhielt, wollte ich gar nicht wissen. Ich dachte, ich handelte, ich empfing Eindrücke von der Welt – wenn das nicht Leben bedeutete, was dann?

Aber genau genommen hatte ich nicht viel Ahnung von solchen Fragen, auch wenn ich sicher einer der wenigen bin, die die siebenteilige Serie *Aufbruch zu den Sternen* von Julian Trelawney komplett ausgelesen haben. Commander Serenus Horncastle sagt dort, ein Apfel sei zweifellos rot, ebenso die Lippen einer Frau, sein Blut und der Kamm eines Hahns. Aber die Natur kenne kein Rot, nur unser Hirn, das eine Wellenlänge als Farbe deute, um uns das Leben leichter zu machen. Er versucht, seine Leute aufzurichten und ihnen Mut zu machen, denn die Besatzung fürchtet sich vor dem Kampf mit den Gordianern, die schrecklich anzuschauen sind. Das Wesen der Natur sei ohne Gestalt, sagt Horncastle, wir selbst seien es, die es einkleideten und ihm die Kulissen gäben.

Da hatte er recht! Von Illusion und Betrug sprechen wir nur dann, wenn etwas einzelnen widerfährt und nicht allen. Wenn ich auf der Straße ging und andere grüßte, grüßten sie zurück. Wenn ich mir also nur etwas einbildete, meinetwegen, die anderen taten es auch. Und damit, so fand ich, war es jetzt mit diesem schwierigen Thema genug.

Den Jakobsplatz zu überqueren, war keine leichte Aufgabe. Von Querung konnte ohnehin keine Rede sein. Ich arbeitete mich an den Häusern entlang, bis ich mich endlich zum Angerkloster durchgeschlagen hatte. Auf einem schmalen, durch die anziehende Kälte rutschig gewordenen Weg kam mir eine alte Frau entgegen, eine Nonne, die offenbar zum Konvent der dort ansässigen Armen Schulschwestern gehörte. Wie Flügel hatte sie ihre beiden Arme ausgebreitet. Ihre Bewegungen waren jedoch alles andere als engelhaft, sie ruderte und gab in ihren besten Momenten den Anblick einer unsicheren Eisläuferin ab. Gewiss hatte sie in der Jakobskirche noch etwas zu erledigen gehabt, und wenn es um solche Aufgaben ging, waren alte Nonnen eisenhart.

Sie kam auf mich zu, grüßte, wurde unaufmerksam, verlor einen Moment lang den Boden aus den Augen, glitt aus und fiel mir geradewegs in die Arme. Sie schrie nicht auf, sondern kicherte über ihr Missgeschick, denn alte Nonnen glauben an Schutzengel, die es irgendwie immer richten, wenn etwas schiefzulaufen beginnt. In dieser Hinsicht waren alte Nonnen noch einige Zacken unerbittlicher als alte Frauen, die verkehrsreiche Straßen irgendwo jenseits der Ampeln im Vertrauen darauf überquerten, dass jeder Autofahrer für Senioren bremsen würde. Dieses Spiel mit dem Leben ging nur so lange gut, wie sie angstfrei blieben. Hatten sie erst einmal die Erkenntnis gewonnen, dass solche Aktionen tödlich enden konnten, kamen sie im wortwörtlichen Sinn unter die Räder.

»Vergelt's Gott!«

Ich hatte eigentlich noch erwartet, dass sie den Hinweis mit dem Schutzengel, den sie gehabt habe, anfügen würde, doch dann sah ich, wie es in ihrem Gesicht arbeitete. Und plötzlich wurde auch mir klar: Ich kannte diese Frau. Sie war bereits runzlig und verwittert, was ihre früheren Gesichtszüge verfremdet hatte, und trug eine dieser fenstergroßen, fast viereckig geschnittenen Brillen, die zu Zeiten von Helmut Kohl zur Grundausstattung jedes Politikers gehört hatten. Doch dann kicherte sie wieder, und die Erinnerung zündete.

»Schwester Eremberta?«

»Ich habe es doch gewusst, dass wir uns kennen!«

Ich spürte, wie sich mir von oben her etwas näherte, das gleich wuchtig wie ein Meteor einschlagen würde, etwas, das ich als so unwahrscheinlich veranschlagt hatte wie eben den Einschlag eines Meteors direkt auf oder neben mir.

»Wer bist denn du?«

Und da passierte es!

»Der Willi!«

»Der große oder der blonde Willi?«

Und da kam auch schon der zweite Himmelskörper mit Karacho angeflogen und bohrte sich tief in den Boden, als den man sich meinen Schädel vorstellen muss.

»Der kleine.«

»Du bist der kleine Willi?«

Ich nickte und hoffte, sie würde es nicht sagen, aber sie tat es doch.

»Dafür bist du aber ganz schön groß geworden.«

Dieser Tag musste als denkwürdiger in meinem Kalender vermerkt werden. Dass ein solches Ereignis noch einmal auf mich kommen würde, hatte ich eigentlich ausgeschlossen. Aber so waren eben Schwestern, die Kinder aufzogen, sie verloren den Blick dafür, dass das Leben noch andere Fährnisse bereithielt als klein zu bleiben, groß oder dick zu werden. Wer dann doch die eins achtzig erreichte, hatte es in ihren Augen endgültig geschafft.

»Das ist ja schön, dass wir uns noch mal sehen.«

Ich schnaufte durch, das Schlimmste war vorbei.

»Komm doch kurz mit hinein. Ich hätte eine gute Tasse Kakao.«

Einem Gewohnheitstrinker wie mir kullerten bei dieser Ankündigung die Tränen über die Wangen. Nun bekam der kleine Willi auch noch eine feine Tasse Kakao.

35

Die Schwester im Refektorium oder Besucherraum, wo auch immer wir uns gerade aufhielten, hatte uns zwei Tassen Kakao mit dem Hinweis hingestellt, dass Männerbesuch um diese Zeit eigentlich selten sei. Dazu hatte sie gekichert, was so viel hieß wie, dass es offenbar auch dafür einen speziellen Schutzengel gab, der es irgendwie richtete. Ich war, weiß Gott!, zeitlebens eine harte Nummer, habe stets nach Boxerart ausgeteilt und eingesteckt, aber so wie mir diese alte Nonne gegenübersaß und mich aus allen ihren Runzeln anlächelte, packte mich Rührung von Grund auf. Auch wenn ich eigentlich hätte anmerken müssen, dass diesem feinen süßen Kakao ein guter Schuss aus Vierthalers Kessel gutgetan hätte. Auf solchen kleinen Unschönheiten sollte man nicht herumreiten, denn ich musste zugeben, dass dies, mehr oder weniger, der Tag war, an dem der kleine Willi wieder nach Hause zurückkehrte. Und schon um dieser gutherzigen Person willen würde ich hier *bella figura* machen. Sie durfte mich nur nicht fragen, welchen Beruf ich erlernt hatte und nun ausübte.

Ich übernahm daher lieber selbst die Initiative.

»Ich wollte schon immer wissen, was für eine Person meine Mutter gewesen ist. Erinnern Sie sich noch?«

»Freilich. Sie war eine herzensgute Frau und brave Kirchgängerin.«

»Ich meine jetzt nicht meine Adoptivmutter, sondern meine richtige. Die leibliche.«

Eremberta schaute mich so traurig und faltig wie zerknülltes Papier an.

»Sie war sicher sehr verzweifelt. Wir hatten damals noch eine Babyklappe – du weißt doch, was das ist?«

Ich nickte. Das hörte sich noch schlimmer an, als ich befürchten musste. Man möchte das Würmchen sofort von der Backe haben, will das Kleine aber auch nicht sterben lassen und wirft es daher in eine Art karitativen Briefkasten.

»Ich denke, die sind anonym?«

»Man hat sie dabei beobachtet. Und bei uns geht man davon aus, dass jedes Kind das Recht hat zu erfahren, von wem es abstammt.«

»Na, danke schön! Darauf hätte ich verzichten können. Sie hat mich also entsorgt.«

»Prälat Gstettner …«

»… dem ich in der Kirche die Kerze bringen durfte?«

Eremberta faltete die Hände, bettete ihre linke Wange darauf und blickte mich entzückt an.

»Das war eine große Ehre. Und ich wusste, dass du der Richtige dafür warst. Deshalb hast du das bis heute nicht vergessen.«

»Und was war nun mit Gstettner?«

»Er sagte, dass die ungeborenen Kinder im Himmel darauf warten, dass sie zur Erde gerufen werden.«

»Aha.«

Vor meinen Augen erstand ein Bild von kleinen Wesen, die wie der berühmte lockige Altweiberengel in einer Wolke saßen, ihren Kopf mit dem rosigen Ärmchen abstützten und nach unten guckten.

»Geht aber manchmal ziemlich schief, dieser Ruf. Hatte ich mir ja auch anders vorgestellt, oder?«

»Sag das nicht! Deine Pflegemutter und ich haben dich gerufen, und jetzt ist aus dir so ein stattlicher Mann geworden.«

Wieder neigte sie ihren Kopf zur Seite und lächelte mich an. Sie glaubte, was sie glauben wollte, dagegen kam man nicht an. Und warum sollte ich auch? Sie fasste meine Hände. Die ihren waren noch warm, weil sie die Kakaotasse umschlossen gehalten hatte.

»Wilhelm bedeutet Wille und Schutz, so hieß es bei deiner Taufe. Du bist stark genug, anderen zu helfen. Deshalb bin ich ganz sicher, dass du dich anders als deine leibliche Mutter verhalten würdest.«

»Unbedingt.«

»Was mich interessieren würde …«

Jetzt kam es doch noch. Ich erhob mich rasch.

»Seien Sie mir bitte nicht böse, Schwester Eremberta, aber ich muss jetzt los. Man wartet auf mich.«

36

Zu sagen, ich sei geflohen, trifft den Kern der Sache. Ich konnte mich ihrer schon früher nicht erwehren, und heute offenbar noch weniger. Zumutungen und Unverschämtheiten gegenüber reagiere ich wie ein Panzer. Das Wohlwollen anderer entwaffnet mich.

Das Marionettentheater lag unter einer gerundeten weißen Haube begraben. *Witzliwuzi, wuziwitzli* hätte es damals geheißen, als noch Wilde im Bastrock und Krokodile den Kasperl über die Bühne jagten. Nicht nur der Schrecken, auch die Sehnsucht bei solchen Kinderträumen erwiesen sich als Illusion, denn kandierter Kürbis, fertig gekauft, sah aus wie penibel gewürfeltes Gulasch. Vielleicht war das eine meiner größten Enttäuschungen.

Über die Blumenstraße wühlte ich mich diesmal mit dem guten Gefühl, dass ich unter keinen Lastwagen geraten würde. Im Glockenbachviertel dahinter wurde gefeiert. Die großen Fenster einer Bar vibrierten unter dem pochenden Rhythmus der Musik. Drinnen tanzte eine so eng aneinandergedrängte Menge, dass sie sich nur noch auf und ab bewegen konnten. Sie waren kostümiert, die meisten trugen Tiermasken.

Als ich endlich im Schlachthofviertel anlangte, bemerkte ich, dass meine Lieblingskneipe geöffnet hatte. Die Auslage dieses Stehausschanks hat mit ihren Dreiliter-Dujardinflaschen und Trockenblumen auf braunem Rupfenstoff die Jahrzehnte unverändert überstanden. Aber drinnen war es schon immer gemütlich, dafür sorgte eine Wirtin, die für alle da war, gleichgültig, was einer auf dem Herzen hatte. Ich schaute durch das Schaufenster, hinter der Theke stand Erika am Zapfhahn, ansonsten sah ich nur leere Stühle. Ein Bier, ein Gespräch – ich fühlte mich eingeladen und ging hinein. Normalerweise holte Erika bei meinem Erscheinen ein Weißbierglas vom Regal und eine Flasche aus dem Kühlschrank. Diesmal rührte sie sich nicht, auch ihren Blick, der unverwandt ins Eck gerichtet war, wusste ich zunächst nicht zu deuten. Ich folgte ihm und drehte mich zur Seite. Tatsächlich saß dort eine Frau mit übereinandergeschlagenen Beinen. Schließlich erkannte ich Emma und war wie vom Donner gerührt.

»Guten Abend.«

Ich geriet ins Stottern.

»Waren wir … verabredet?«

Sie schüttelte den Kopf.

»Darf ich?«

»Natürlich. Setz dich. Deswegen bin ich ja hier.«

»Woher wusstest du, dass ich kommen würde?«

Ihr Lächeln hielt die Antwort im Vagen. Sie hatte, wie schon früher, eine Weißweinschorle vor sich stehen. Ich gab daher Erika ein Zeichen, und sie brachte mir das gewünschte Weißbier. Ich musste in der letzten Zeit oft an sie denken, und mir war dabei klar geworden, dass ich mit dem Verlust unserer Beziehung etwas Wertvolles verwirkt hatte.

Emma machte keine Anstalten zu reden, aber durch ihre bloße Gegenwart brachen sich Gedankenkaskaden in mir Bahn. Vieles davon war nachts bereits zum wiederholten Mal über mich gekommen; Erklärungsversuche, von denen ich manche eigentlich notieren wollte.

Ich war nie dem Wahn verfallen, ich sei eine besonders gute Partie. Würde man meinen Status ausschließlich vom Einkommen ableiten, wäre ich eine prekäre Existenz. Dennoch trug ich den Kopf immer schon höher. Wer der Unterschicht angehörte, musste nicht per se eine Dumpfbacke sein. Verstand war uns allen gegeben. Das Interesse an der Welt und an anderen ist mir nie verloren gegangen, wenn mich etwas berührte, wenn ich es wichtig fand, haute ich mich stets mit vollem Einsatz rein. Ich kämpfte nicht nur für mich; in diesen Zeiten bedeutete das eine Menge. Viele verstanden besser, wie das große Ganze funktionierte und warum die Ungerechtigkeiten immer größer statt kleiner wurden. Aber gerade kluge Leute glaubten ihrer größeren Kenntnisse wegen an den kleinen persönlichen Spielraum, der ihnen Luft verschaffen könnte und mit dem sie sich der allgemeinen Tendenz enthoben fühlten. Und genau das war der Fehler! Im Hintergrund mahlte eine mächtige Mühle, die auch die klein schrotete, die sich im Besitz eines vorteilhaften Tricks wähnten.

So ähnlich dachte ich, wenn ich in der Nacht wach lag.

Sicher wusste eine Frau wie Emma eine solche Haltung zu schätzen, aber dass sich eine so attraktive Person wie sie überhaupt für mich interessiert hatte, grenzte an ein Wunder. Ich musste sie nur ansehen, und mir wurde weh ums Herz.

Die Kraft, die mir zuwuchs, kam immer schon aus meiner Unabhängigkeit. Wenn es einen Schlüssel zu meinem Leben gab, dann diesen.

»Schon«, sagte Emma, »aber bei dir heißt das ja, dass deine Welt unveränderlich bleiben muss. Das fängt bei deinen Bieren im Kühlschrank an und endet bei deiner Zeitplanung. Alles fix. Wir haben lange zusammengelebt, aber dein Zuhause war immer dein Ladenkabuff. Wer zu dir kommt, muss wieder gehen. Alles andere schränkt dich in deinem Reich ein. Wo soll da ein Platz für andere sein?«

Sie hatte recht. Es gab keinen Menschen auf der Welt, mit dem ich länger als vier Stunden in Gesellschaft bleiben konnte. Es sei denn, ich wäre eingeschlafen.

»Du hast panische Angst vor Nähe. Deine raue Schale, dieses ganze kraftmeierische Getue dient nur dazu, andere von dir fernzuhalten. Bindungsangst nennt man das. Frauen spüren so etwas, da magst du dir noch so viel Mühe geben. Über kurz oder lang wird dich jede verlassen.«

Ihre Vorhaltungen brachten mich in eine Zwickmühle. Ich hätte ihr gern das Gegenteil bewiesen, aber das konnte ich nicht. Diese Haltung aufzugeben, ging mir an die Substanz.

»Das meine ich. Du bist gewiss kein schlechter Mensch, aber eben beziehungsunfähig.«

»Was soll ich tun?«

Sie stand bereits und knöpfte ihren Mantel zu. Sie lächelte mich an, schenkte mir einen Blick voll Wärme und Zärtlichkeit, der sich tief in mich einsenkte.

»Bestell dir noch ein Bier!«

Mit diesen Worten war sie verschwunden, und bereits im nächsten Moment hatte ich ein volles Glas vor mir stehen.

37

Am anderen Morgen weckte mich Kindergeschrei. Wie war ich überhaupt in mein Zimmer auf meine Klappliege gekommen? Betrunken gewesen zu sein, das konnte ich ausschließen. Nicht weil mir das nicht zuzutrauen wäre, sondern weil ich es zu oft erlebt hatte. Stets war ich noch in der Lage, meinen Zustand am Morgen danach klar beurteilen zu können. Ich fühlte mich frisch und ausgeruht. Gestern Abend hatte ich Emma getroffen, unsere Begegnung war mir noch deutlich vor Augen. Allerdings wies diese Szene einen Fehler auf, als hätte jemand schlampig Regie geführt. Erika redete darin kein einziges Wort. In all meinen Jahren als Stammgast war das noch nie vorgekommen. Und was sich nach meinem Kneipenbesuch ereignete, war so vollständig verschwunden, als hätte nichts weiter stattgefunden.

Gossec an Commander Horncastle: Das Kontinuum meiner Zeit zeigt immer mehr Löcher.

»Ich habe dir einen Espresso vorbereitet«, sagte Mariella.

Solche Sätze musste man sich rahmen lassen. Goldene Worte eines funktionierenden Familienlebens.

»Hast du etwas erreicht?«

Ich erstattete ihr kurz Bericht.

»Wenn Friedl und Poschinger es nicht waren, dann

bleibt ja nur noch einer. Und gerade bei ihm hatte ich gehofft …«

Das war natürlich falsch, aber ich sagte das nicht. Joshua ein Kind, das von Friedl oder Poschinger gezeugt wurde? Unvorstellbar.

»Was wirst du tun?«

»Das City Astoria aufsuchen. Sobald ich mir einen Überblick verschafft habe, was sonst noch ansteht.«

»Kannst du ihn mal kurz halten?«

Sie gab mir Joshua auf den Arm. Sein Gesicht war jetzt nicht mehr rot, sondern rosig. Ich schnüffelte an seinem Kopf. Der Geruch macht andere sympathisch oder unsympathisch. Manchmal verfallen wir dem Duft eines Menschen, ohne ihn überhaupt bewusst registriert zu haben. Wir wissen nicht, warum es sich so verhält, wir sind wehrlos. Was ein Baby ausstrahlt, hat mit all diesen Begehrlichkeiten nichts zu tun. Sein Geruch erweckt Zuneigung und fordert Schutz. Er verbindet die Liebe und das Mitgefühl. Man wird durch das bloße Riechen zu einem besseren Menschen.

»Ich wusste gar nicht, dass du so schöne Sachen sagen kannst!«

Mariella strahlte mich an. Das Phänomen von gestern Abend wiederholte sich. Frauen hatten einen direkten Zugang zu meinen Gedanken. Sie legte Joshua auf eine Decke am Boden und fasste meine Hände.

»Hast du einen Moment?«

Am liebsten hätte ich Nein gesagt. Ich wusste ohnehin, was kommen würde. Emma hatte es prophezeit.

»Ich habe lange mit Joschka telefoniert. Nach den fürchterlichen Verwirrungen, die ich in mir und anderen angerichtet habe, bin ich mir jetzt so weit im Klaren, dass ich zu ihm zurückkehren möchte. Wir schaffen das.«

»Wann?«

»Demnächst. Er hat alles für uns zu Hause vorbereitet. Wenn er bei den Verhältnissen draußen durchkommt, besucht er uns. Du hast doch nichts dagegen?«

Ich zuckte die Achseln. Zum Glück klingelte es, und eine wirkliche Antwort blieb mir erspart. Tita stand vor der Tür.

»Komm schon! Wir müssen los.«

Das war es also, was meine Zeit mit mir vorhatte, wenn sie nicht gerade wieder löchrig wurde. Gehorsam packte ich meinen Rucksack. Draußen im Flur begegnete uns Frau Loibl.

»Einen recht schönen Tag wünsche ich euch.«

Verblüfft sah ich Tita an.

»Was ist denn mit der los?«

Tita beugte sich an mein Ohr.

»Drogenwechsel. Hundertprozentig. Ich tippe auf Tranquilizer.«

38

Unsere Sorge, ob wir Brandhorst im Herzzentrum auffinden könnten, wurde schon beim Betreten des Krankenhauses zerstreut. Aus dem Verwaltungstrakt kam er uns in gewohnter Montur entgegen, weithin erkennbar an dem fahrbaren Infusionsständer, den er vor sich her schob. Ich fragte ihn, ob er denn in etwa einer halben Stunde für die Aufnahme des Testaments zur Verfügung stünde.

»Könnte hinkommen.«

Er sah auf die Uhr.

»Ich habe noch eine Verabredung mit dem Koch.«

Tita nannte ihm die Zimmernummer in der guten Hoffnung, dass es uns gelang, Riebl bis dahin so weit zu präparieren. Er machte keinen guten Eindruck, als wir das Zimmer betraten. Blass und hinfällig lag er da und starrte zur Decke. Das Bettgeschirr verriet, dass er offenbar nicht mehr in der Lage war, selbstständig aufzustehen. In seiner Zudecke war eine Kuhle, und Parfümgeruch lag in der Luft.

»Was die mich traktiert«, sagte er tonlos.

»Die Rosi?«

Er nickte. Offensichtlich kämpfte seine Tochter um ihr Erbe. Riebls Gesicht hellte sich auf, als er Tita sah. Nun packten wir unsere Mitbringsel aus, die Riebl das wohlige Gefühl von Zuhause vermitteln und seine geistige Klarheit stimulieren sollten. Tita legte ihm eine Sonderausgabe des Motorrad-Magazins auf den Schoß. Der Themenschwerpunkt war Zündapp-Motorrädern gewidmet, das Heft mit reichlich Bildern ausgestattet. Er lächelte. Außerdem hatten wir noch Brezen vom Bäcker Bachl eingepackt, Landjäger aus der Metzgerei Schöllinger und eine Flasche Edelstoff. Tatsächlich wurde Riebl munterer, als wir unsere Schätze vor ihm ausbreiteten.

»Was macht er denn, der Schöllinger?«

»Alles roger!«, erwiderte Tita zackig.

Riebl freute sich wie ein Schneekönig über diese Redewendung, die er selbst so gern verwendete und die für ihn einen unversiegbaren Quell von Heiterkeit darstellte. Meist autosuggestiv. Eigentlich schämte ich mich für diese Erbschleichernummer, die wir da abzogen, aber das Ganze war für einen guten Zweck. Riebl richtete sich auf und steckte seinen Zeigefinger in die Flasche, um es beim Herausziehen schnalzen zu lassen.

So päppelten wir ihn auf und lenkten seine erwachende Konzentration auf das Thema Haus, Erbe und Genossenschaft hin. Wir übten miteinander. Mal sagte Tita, mal ich ihm vor, wie die Formulierung zu lauten hatte. Dann stieß auch schon Brandhorst dazu.

»Wer ist denn das?«, wollte Riebl wissen.

»Notar Brandhorst. Und Sie?«

Riebl musterte den zerfransten Bademantel, die weißen Beine und den Infusionsständer und lachte.

»Der Rennfahrer Biberle!«

Riebl wies dabei auf die Schüssel, die man unter sein Bett geschoben hatte.

»Mehr Ernst jetzt, bitte schön!«

Ich grätschte sofort dazwischen, um die Situation nicht entgleisen zu lassen. Dabei bewies Riebl mit seiner Anspielung durchaus Selbstironie, denn der Rennfahrer Biberle verrichtete einem Kinderreim zufolge seine Notdurft in einen Kübel.

Brandhorst nahm sich einen Stuhl, setzte sich die Brille auf, die an einem Band um seinen Hals hing, und zog Papier und Stift aus seiner Mappe. Tatsächlich gab Riebl nun seinen letzten Willen zu Protokoll, wie wir dies mit ihm eingeübt hatten. Doch dann, als alles schon beendet schien, richtete er sich nochmals auf und hob den Zeigefinger.

»Noch etwas. Ganz wichtig!«

Wir zuckten zusammen. Riebl zeigte auf Tita.

»Meine Garage und die Sammlung von Motorrädern darin vermache ich meiner Nachbarin Tita Rockow.«

Nun sank er wieder in sein Kissen zurück.

»Samt Spezialwerkzeug.«

Brandhorst ergänzte die Passage, wir unterzeichneten, und damit gab es ein gültiges Seetestament. Tita und ich blieben noch eine Zeitlang im Krankenzimmer. Anschließend ließen wir das Testament in der Verwaltung Riebls Unterlagen beifügen. Als wir draußen im Freien standen, fielen wir uns in die Arme.

39

Tita und ich trennten uns am Goetheplatz, sie hatte noch einen Klienten zu besuchen. Als ich mich dem Kapuzinerplatz näherte, sah ich drei Gestalten, die auf die Entfernung seltsam anmuteten. Unter ihren dicken Wintermänteln lugten weiße Röcke hervor. Dominikaner, dachte ich zunächst, denn sie trugen weiße Kutten. Ihre Füße steckten in festen, geschnürten Stiefeln, und den Kopf hatten sie mit dicken Pudelmützen bedeckt. Allerdings war die Mütze über ein ebenfalls weißes Tuch gezogen, das seitlich herunterhing. Sie hatten einen der Ihren auf einen Schneehügel gehievt. Er stand dort oben wie im Mastkorb eines Seglers, legte die Hand an die Stirn, um die Augen vor dem diffusen Licht zu schützen, und schaute zwischen Smartphone und Straße hin und her, um die Theorie mit der Praxis abzugleichen. Offenbar mit ungenügendem Resultat, denn die beiden unten schnatterten unausgesetzt und schienen so ihrem Posten im Ausguck zuzusetzen. Endlich reichte er einem die Hand und versuchte, ihn zu sich nach oben zu ziehen. Der andere schob von hinten mit an.

Eine Weile lang dachte ich, dass sie eine Clownsnummer für mich aufführten. Dann war ich nahe genug herangekommen und konnte die drei als jenseits von Sizilien stammend identifizieren. Nun verstand ich, warum ihre Bewegungen so ungelenk wirkten.

Man geht auf Schnee wie auf jedem anderen Belag auch und setzt Schritt für Schritt, wenn auch vorsichtiger vielleicht, jeden Tritt absichernd. Mit Schnee hatten die drei offenkundig noch nie zu tun gehabt, und daher verhielten sie sich, als sei der Boden überall von Schmierseife bedeckt. Die Angst, dass man jederzeit unvermutet abrutschen könnte, führte zu dem grotesken Ballett, das sie aufführten. Wie um eine Schlusspointe zu setzen, glitt der Mittelmann aus, riss den oben Stehenden herunter, und beide fielen auf den dritten. So ineinandergekeilt lagen sie vor mir im Schnee.

»Alles in Ordnung?«

»Oh, ja, danke, Sir!«

Ein freundliches Gesicht sah mich von unten her an.

»Hilfe naht.«

»Zur rechten Zeit.«

Die Rede der drei war wie ein Zweifachecho. Ich fand schnell heraus, dass es klug war zu warten, bis sich der Letzte geäußert hatte. Der Erste nahm die von mir dargebotene Hand, ließ sich aufhelfen und stellte dann seine Begleiter auf die Beine.

»Schnee und Eis ...«

Er machte eine Geste der Hilflosigkeit.

»... sind so ungewohnt für uns.«

»Und rutschig.«

Ihr Deutsch war geschliffen zu nennen. Nur die Satzmelodie verriet den Ausländer. Der Erste und, wie mir schien, Älteste klopfte sich den Schnee vom

Mantel und beugte sich suchend über die Stelle, an der sie hingefallen waren.

»Mein Smartphone!«

»Mit Navigator.«

»Unverzichtbar in einer fremden Stadt.«

Er fischte es aus einem Schneehaufen und wischte es trocken. Mit skeptischer Miene schaltete er es ein und wies dann erleichtert auf den leuchtenden Bildschirm.

»Alles gut.«

Die anderen beiden nickten. Auch auf die Entfernung konnte ich die Meldung lesen: *GPS-Signal kann nicht empfangen werden*.

»Wohin soll es denn gehen?«

»Antiquitäten Gossec.«

»Ein kleiner Laden.«

»Muss hier in der Nähe sein.«

Überrascht sah ich die drei an. Hatte man mich bereits in einen München-Reiseführer aufgenommen? Freilich, sie machten keinen unguten Eindruck auf mich, aber Vorsicht schien mir dennoch geboten.

»Sind Sie auf der Suche nach landesüblichen Stücken?«

Die drei schüttelten fast unisono den Kopf.

»Wir suchen den künftigen Herrscher.«

»Den Sultan von Ormus.«

»Den Sohn des Rasul bin Said al-Orbassan.«

Es dauerte eine ganze Weile, bis ich meine Fassung wiedergefunden hatte. Noch länger dauerte es, bis ich mir selbst Rat wusste. Die drei zu mir in den Laden zu führen, schien mir zu riskant. Erst wollte ich ihre Geschichte hören. Der Paulaner drüben war weitgehend dunkel, aber in Thekennähe brannte immerhin ein Licht. Ich wollte die Sache zunächst auf neutralem Boden besprechen.

»Glück gehabt. Ich bin Gossec. Lassen Sie uns hinüber in die Wirtschaft gehen. Dort können Sie mir alles erzählen.«

40

Dem mürrischen Kellner hinter der Theke war nicht zu entlocken, ob das Lokal nun regulär offen oder eher doch geschlossen war. Von seinen Kollegen allein gelassen, war er auf einen Kompromiss eingeschwenkt, den des widerwilligen Service. Zunächst einmal betete er herunter, was wir alles nicht bekommen könnten. Nachdem wir uns nicht davon hatten abschrecken lassen, brachte er schließlich den bestellten Pfefferminztee und die Tasse Kaffee.

»Wir sollten uns zunächst einmal vorstellen«, sagte der Älteste. »Mein Name ist Hamad al-Melech.«

»Anis al-Tassar.«

»Sharif al-Kasbah.«

»Wir kommen aus Ormus.«

»Und sind dem Haus Orbassan treu ergeben.«

Sharif legte die Rechte an das Herz und neigte sein Haupt.

»Was führt Sie hierher?«

»Ein Auftrag von Sultan Rasul, seinen Erben zu behüten ...«

»... auszustatten ...«

»... und zu beschützen.«

»Ich bin Arzt. Daher ist mir Gesundheit und Wohlergehen des neuen Herrschers angelegen«, sagte Hamad, der Älteste.

»Und ich bin Finanzfachmann und damit für eine

angemessene Ausstattung zuständig«, ergänzte Anis, der Mittlere.

»Meine Aufgabe ist sein Schutz. Ich bin der Wächter«, vollendete Sharif.

Was sich da vor meinen Augen entrollte, hatte die Qualitäten eines orientalischen Theaterstücks. Ich kam mir darin jedoch eher wie ein Kasperl Larifari vor. Mir wurde es zu bunt.

»Was reden Sie denn da? Ihr Sultan Rasul hat eine Gesellschaftsdame engagiert und sie vergewaltigt. Das Kind, über das wir sprechen, ist gegen ihren Willen gezeugt worden.«

Hamad hob beschwichtigend die Hände.

»Lassen Sie uns erklären.«

»Die Vorgeschichte.«

»Nur dann werden Sie uns verstehen.«

»Sultan Rasul war glücklich verheiratet.«

»Sehr glücklich sogar, aber kinderlos.«

»Deshalb brachte es großen Schmerz über ihn, als Djamila starb. In der Blüte ihrer Jahre.«

»Entgegen den bei uns üblichen Gepflogenheiten gab es keine andere, der sich Sultan Rasul noch hätte zuwenden wollen.«

»Er gelobte Ehelosigkeit, und deshalb galt es als sicher, dass die Erbfolge auf die Linie seines Bruders Taimur übergehen würde.«

Ich erinnerte mich an den Namen.

»Etwa Taimur bin Said …?«

»… al-Orbassan. Genau der. Woher kennen Sie ihn?«

Julius hatte diesen Namen als den des Fahrzeughalters ermittelt, der damals mit seinem militärisch getarnten SUV in unserer Straße umherfuhr.

»Später. Erzählen Sie weiter!«

Hamad atmete tief durch.

»Ich muss ausholen. Ormus steht vor einer Zeitenwende. Wir haben bisher vom Öl gelebt, das geht nun zu Ende. Mit den verbliebenen Reserven müsste man dem Land eine neue Ausrichtung geben. Tourismus natürlich. Vor allem aber wären moderne Strukturen zu schaffen, um andere Perspektiven überhaupt erst zu ermöglichen. Wir brauchen eine funktionierende Infrastruktur, haben Bedarf an elektronischer Technik und benötigen ein leistungsfähiges Ausbildungssystem.«

»Dieser Aufgabe hat sich Sultan Rasul mit ganzem Herzen gewidmet. Auch seine Kontakte hier in München dienten diesem Zweck.«

»Taimur hingegen ist ein Nichtsnutz. Er verprasst das Geld, kauft Liegenschaften in aller Welt zu seinem Vergnügen und macht keinerlei Anstalten, sich den Aufgaben zu stellen, die mit seiner Position verbunden sind.«

»Auch seine menschlichen Qualitäten befähigen ihn nicht zum Lenker eines Landes.«

»Er ist nachtragend, jähzornig und tyrannisch.«

»Wenn es nur das wäre: Notfalls geht er über Leichen.«

»Sultan Rasul erkannte diese Unzulänglichkeiten immer deutlicher und bezweifelte, dass Taimur der richtige Regent für Ormus sein würde.«

»Deshalb kam es zwischen den Brüdern zu einer heftigen Auseinandersetzung. Taimur hat Geld verlangt, um in der Schweiz ein repräsentatives Anwesen zu erwerben. Sultan Rasul hat die Freigabe des Geldes strikt verweigert.«

»Seit diesem Streit hat er alle Möglichkeiten geprüft, wie die Nachfolge seines Bruders verhindert werden könnte.«

Ich ahnte nun, worauf diese Schilderungen hinausliefen, wartete aber dennoch ab, wie die drei in der arabischen Märchenstunde, die sie mir präsentierten, das Unvorstellbare begründen würden.

»Es konnte nur einen Weg geben, den eines legitimen Erben von Sultan Rasul. Sein Gelöbnis, sich nach Djamila keiner Frau mehr zuzuwenden, war aber endgültig und durfte nicht widerrufen werden.«

»Dann aber lernte er Mariella kennen, eine Frau, die sich in einer zweifelhaften Umgebung bewegte, ohne ihre Unschuld und Unbeflecktheit zu verlieren. Sie hatte zudem ihre Bereitschaft erklärt, Sultan Rasul vorbehaltlos zu unterstützen. Mit allen Mitteln.«

In mir verwirrte sich alles. Ich sah plötzlich Prälat Gstettner in seiner schwersten Stunde vor mir, wie er uns händeringend und schwitzend im Religionsunterricht zu erklären versuchte, dass eine jungfräuliche Geburt möglich und erlösungstechnisch notwendig war.

»Ja, wollen Sie mir denn jetzt erklären, dass es der Heilige Geist war, der Mariella geschwängert hat?«

Hamad runzelte die Stirn.

»Unsinn. Ich bin Arzt und Wissenschaftler. Wir sprechen über eine künstliche Befruchtung.«

»Eine Zeugung, bei der sich die Partner nicht geschlechtlich vereinigen müssen.«

»Leihmutterschaft, wenn Sie so wollen.«

»Eine Vergewaltigung mit medizinischem Gerät?«

Hamad legte mir begütigend die Hand auf den Unterarm.

»Ein moralischer Zweifelsfall. Keine Frage!«

»Hier das Schicksal eines Volkes, da die Unversehrtheit einer Frau. Was wiegt da schwerer?«

»Das hätte Mariella entscheiden müssen. Ohne Wissen und Einverständnis der Mutter darf das niemand!«

»Mag sein. Sie miteinzubeziehen hätte sie jedoch in größte Gefahr gebracht! Taimur hätte keine Skrupel gehabt, ihr nachzustellen und sie zu töten.«

Blitzartig kam Klarheit über mich.

»Aber das tut er doch schon«, schrie ich. »Drüben in der Frauenklinik sind Neugeborene ermordet worden, die am selben Tag wie Joshua auf die Welt gekommen sind. Und bei uns hat man mehrfach einzubrechen versucht.«

Erschrocken blickten sich die drei an.

»Unmöglich. Wie sollte er davon erfahren haben?«

»Außer uns wussten nur drei Personen davon. Sultan Rasul, sein Leibarzt und …«

Einen Moment lang herrschte dumpfes Schweigen.

»Hilal!«, ergänzte Sharif. »Er war hier zur Beobachtung Mariellas abgestellt.«

Wir sprangen auf.

41

Als wir bei meinem Laden anlangten, zeigte sich schnell, dass die schlimmsten Befürchtungen wahr geworden waren: Die Tür vorne stand offen, im Schlafzimmer lag Kleidung verstreut, und die Hintertür war aufgebrochen worden. Mariella und das Kind waren verschwunden. Nachfragen im Haus erbrachten nichts, niemand hatte etwas Außergewöhnliches wahrgenommen. Ich war drauf und dran loszulaufen und den Spuren draußen im Schnee zu folgen, aber Hamad hielt mich fest.

»Machen Sie jetzt keinen Fehler durch übereiltes Handeln. Wir brauchen einen Plan.«

»Gut. Setzen wir uns.«

Die Araber blieben jedoch stehen. Anis studierte das Display seines Smartphones und wies dann Richtung Giesing. Alle drei wandten sich in diese Richtung, schlossen die Augen und hielten ihre Arme mit nach vorne geöffneten Handflächen in Kopfhöhe erhoben. Welcher Art das Gebet war, das sie murmelten, verstand ich nicht. Dann setzten sie sich. Die beiden warteten nun, bis Sharif das Wort ergriff.

»Wir haben drei Aufgaben«, sagte er. »Taimur ausfindig machen, Mutter und Kind retten und Sultan Rasul verständigen.«

Er blickte sich um, die anderen beiden nickten.

»Ich halte dies für einen Notfall, der es uns gestattet, Kontakt mit unseren Leuten zu Hause aufzunehmen.«

Wieder nickten die beiden.

»Was wollen Sie damit sagen?«

»Hamad, Anis und ich sind schon seit einer ganzen Weile hier in Deutschland. Wir waren über die ganze Republik verstreut. Hamad als Kurarzt in Bad Wörishofen, Anis als Bankangestellter in Frankfurt und ich als Chauffeur in Wiesbaden. Wir wussten voneinander, kannten uns aber nicht. Wir haben als Schläfer agiert. Zum geplanten Geburtstermin sollten wir auftauchen und uns hier in München treffen, um dem Nachkommen des Sultans zur Seite zu stehen.«

»Durch die chaotischen Verkehrsverhältnisse ist dieser Plan leider verhindert worden. Zudem haben wir die Orientierung verloren und sind zwei Wochen zu spät.«

»Dreizehn Tage«, verbesserte Hamad Anis.

»Zum Schutz von Mutter und Kind hielten wir uns im Verborgenen. Dazu gehörte auch, keinen Kontakt nach Ormus aufzunehmen. Taimur und seine Leute haben überall ihre Ohren. Der Notfall hebt diese Verpflichtung jedoch auf. Die vereinbarte Order, wo und wie wir Sultan Rasul treffen …«

»Hier in München!«

»… ist nicht zu uns durchgekommen.«

»Wir wenden uns also an unsere Botschaft in Berlin, legitimieren uns und werden so, hoffentlich rasch, die nötigen Auskünfte erhalten. Wie wollen Sie vorgehen?«

Ich zuckte die Achseln.

»Den Spuren draußen folgen.«

Sharif wiegte den Kopf.

»Wahrscheinlich wird sich diese Spur an einem Knoten- oder Kreuzungspunkt verlieren. Aber warum nicht, versuchen Sie es!«

»Der Einbrecher und Verfolger, der Ihnen mehrfach begegnet ist, können Sie den etwas genauer beschreiben?«, fragte Hamad.

Ich gab einen kurzen Bericht und vergaß nicht darauf hinzuweisen, dass es sich bei dem Mörder in der Frauenklinik offenbar um eine sehr wandlungsfähige Figur handelte. Sharif wurde bei meinen Erzählungen blass und schickte einen hilfesuchenden Blick zu Hamad.

»Sie sagen, dass Ihnen dieser Verfolger wie ein Schatten auf den Fersen war?«, erkundigte sich Hamad.

»Eine Boshaftigkeit, die mich regelrecht überfiel und schwächte.«

»Dann entschuldigen Sie bitte eine Frage, deren Hintergrund ich gleich erläutern werde: Sind Sie sich in letzter Zeit selbst begegnet?«

»Ja. Solche Halluzinationen hatte ich tatsächlich.«

Anis schüttelte traurig den Kopf.

»In unserem Verständnis ist das ein *qarin,* ein Geistwesen, das uns als Gefährte und Doppelgänger beigegeben ist.«

»Eine Stimme, die stets aus der Dunkelheit kommt.«

»Oft ein böser Geist. Deshalb heißt es bei uns: Es

gibt unter den Menschen keinen, der nicht einen Satan als Gefährten hätte.«

Der Ernst ihrer Mienen beeindruckte mich. Aber glauben wollte ich das dennoch nicht. Ich erhob mich.

»Seien Sie vorsichtig«, sagte Sharif. »Und lassen Sie uns noch unsere Smartphone-Daten austauschen, sodass wir uns jederzeit erreichen und beistehen können.«

Endlich machte ich mich auf den Weg.

42

Anfänglich fiel es mir leicht, den Spuren im frischen Schnee zu folgen. Wenn ich sie richtig deutete, handelte es sich um zwei Erwachsene mit einem Schlitten. Sie mussten nebeneinander gegangen sein. Dahinter waren noch weitere Fußabdrücke auszumachen, der Schuhgröße nach die eines Mannes, der wohl ähnliche Moonboots wie ich trug. Er ging hinterher, denn seine breiten Stapfen löschten vielfach die der anderen aus. Am Ende der Thalkirchner Straße wurde die Lage dann, wie schon von Sharif prophezeit, unübersichtlich. Andere Spuren mischten sich mit hinein, später kam auch ein weiterer Schlitten dazu.

Oben am Himmel braute sich etwas zusammen. Dicke, mitunter tief hängende schwarze Wolken zogen sich zusammen. Bald setzte dichtes Schneegestöber ein. Ich begann zu laufen, den Blick fest auf den Boden geheftet, um die Spur nicht zu verlieren. Vergeblich, schließlich umhüllten mich ein grauer Schleier und dichter Schneefall, sodass ich nicht mehr zu sagen wusste, wo ich war. Irgendwo in der Innenstadt, genauer ließ sich das nicht mehr feststellen. Der Himmel war auf die Erde gefallen.

In diesem trüben Dunst überfielen mich Halluzinationen, Gesichter und Szenen formten sich wie Reliefs und traten plastisch aus dem grauen Chaos hervor. Schlimmeres habe ich noch nie erlebt, denn ich verstand schnell, dass es sich bei den Gestaltungen um eine Galerie meiner Missetaten handelte. Seltsamerweise tauchten die großen Verfehlungen gar nicht auf, sondern nur die kleinen. Mein Kinderfreund Leo, dem ich eines seiner Spielzeugautos klaute; ein verwahrloster Hund, der mich winselnd verfolgte und den ich mit einem Tritt verscheuchte; der griechische Gemüsehändler, der mir fünfzig Euro zu viel herausgab; ein Kunde, dessen Antikschrank nach dem Kauf zusammenbrach; Bücher, die ich einfach einbehielt; Babsi, die mir mit ihrer hysterischen Art auf die Nerven fiel, die ich aber trotzdem noch ins Bett zerrte, und all die anderen Personen, die berechtigterweise etwas gegen mich vorzubringen hatten.

An den bedeutenden Fehltritten hat man sich manchmal ein Leben lang abgearbeitet, sie gewogen, dafür gebüßt und etwas an sich verändert. Die kleinen waren nie der Rede wert, folglich blieben sie genau so stehen. Und gerade deshalb, weil sie eigentlich als vernachlässigbar galten, enthüllte sich an ihnen die eigene Schäbigkeit noch schonungsloser. Was zählte, waren nicht die Wucht und der Umfang des Fehlers, sondern die Haltung dahinter. Man hatte eben nicht die Größe gezeigt, auf solche Engherzigkeit zu verzichten. Der große Gauner riskierte etwas und erhielt die verdiente Strafe; der kleine blieb ein moralischer Pimpf und zog sich nur Verachtung zu.

Und dann, als ich schon eine weitere Szene aus diesem Kabinett aufziehen sah, stand ich plötzlich vor dem City Astoria.

43

Die weitläufige Halle war leer. Auf der Empfangstheke war ein großes Schild aufgestellt: *Zurzeit keine Zimmervermietung möglich*. Café und Bar lagen im Dunkeln, vereinzelt standen noch Gläser und Tassen auf den Tischen. Der geschwungene, rot erleuchtete Schriftzug auf der großen Espressomaschine hinter dem Tresen sendete, an- und abschwellend, Lichtzeichen wie Morsesignale in den Raum. Schließlich entdeckte ich, dass in der Pförtnerloge Licht brannte. Ich klopfte.

»Keine Zimmer. No rooms to let. Sorry. Tut mir wirklich leid.«

Dieser Hinweis klang wie eine Ansage vom Band. Ein kleiner, traurig blickender Mann in grüner Schürze saß über Schuhe gebeugt, die er zu putzen hatte.

»Was ist denn los bei Ihnen?«

»Das fragen Sie? Sie kommen doch von draußen. Das Personal fehlt. Und Besserung ist nicht in Sicht.«

»Aber Sie sind durchgekommen.«

»Meine Frau und ich wohnen hier im Haus. Normalerweise ein Vorteil. Aber jetzt sind wir für alles zuständig. Was wollen Sie?«

»Haben Sie noch Gäste hier?«

»Schon. Ein ganzer Trupp Araber. Hatten vorbestellt und waren daher nicht abzuweisen.«

»Sultan Rasul aus Ormus?«

Er zuckte die Achseln.

»Kann sein. Habe, ehrlich gesagt, den Überblick verloren. Das Buchungs- und Belegungssystem gehört nicht zu meinen eigentlichen Aufgaben.«

»Sondern?«

»Haustechnik.«

»Wo finde ich die arabischen Gäste?«

»Zweiter Stock. An Ihrer Stelle würde ich zu Fuß gehen, wir haben immer wieder Stromausfälle.«

»Und wie versorgen sich Ihre Gäste?«

»Selbstbedienung, Selbstversorgung. Solange keine Hilfe von außen kommt, geht das nicht anders. Wir sind normalerweise vierzig Angestellte hier in einer Schicht.«

Ich bedankte mich. Selbstversorgung, hatte er gesagt. Ich ging hinüber zu der Kaffeemaschine und bereitete mir einen doppelten Espresso. Dann stieg ich die gewundene, breite Treppe nach oben.

44

Der erste Stock war unbelebt. Einige Zimmertüren standen offen, auf dem Gang war ein Putzwagen zurückgelassen worden. Auch der Personalraum war unverschlossen. Drinnen waren Putzmittel, Wäsche und Handtücher gestapelt, die Leuchtstoffröhre über dem Spiegel flackerte. Daneben an der Garderobe hing ein grünes Jackett mit dem Emblem des City Astoria. In einer Box darunter waren Schuhe gesammelt. Ich deponierte Mantel und Rucksack im Regal, schlüpfte in das Jackett und suchte mir noch ein Paar passende Schuhe dazu aus. Hotelangestellte tragen keine Moonboots. Über dem Lichtschalter neben der Tür steckte eine Keycard im Schlitz, die ich an mich nahm. Das Flackerlicht erlosch. Draußen prüfte ich die Karte an einigen anderen Türen. Alle öffneten sich, ich hatte eine Universalkarte.

Leise stieg ich zur zweiten Etage hoch. Die arabischen Gäste belegten das gesamte Stockwerk. Auf der linken Seite waren die Frauen untergebracht. Eine, der Stimme nach zu urteilen, ältere Frau sagte in monotonem Singsang etwas auf. Wahrscheinlich las sie aus einem Buch vor. Dahinter war Kichern zu vernehmen und das Plätschern von Wasser. Drei Kinder kamen mir entgegen, der Junge fuhr auf einem Roller, zwei Mädchen verfolgten ihn. Als sie mich sahen, bogen sie kreischend nach rechts ab.

Die rechte Seite war offenbar den Männern vorbehalten. Ich hörte durch die geschlossene Tür ihre gedämpften Stimmen, die als kehliges Murmeln anhoben und dann lauter wurden. Ihre Ausführungen waren in Abschnitte gegliedert, von denen jeder seinen eigenen melodischen Bogen hatte. Etwa in der Mitte ließen sie die Rede Fahrt aufnehmen, beschleunigten ihren Fluss, um am Ende eine Weile schweigend auszuruhen und erneut zu beginnen. Niemand unterbrach den Sprecher, offenbar wusste man, wann etwas zu Ende gesagt war. Ich verstand nichts von dem, was da gesagt wurde, aber von der Art und Weise des Austauschs her dachte ich an eine Gruppe Beratschlagender.

Ich steuerte auf eine Sitzgruppe am Ende des Gangs zu, wo sich zwei in ihre Unterhaltung vertiefte Männer niedergelassen hatten und Tee tranken. Ihnen direkt zu begegnen, fand ich nicht angeraten. Als ich am Personalraum vorbeikam, hörte ich ein Klingeln von drinnen. Kurz entschlossen öffnete ich und nahm den Telefonhörer ab.

»Zimmerservice.«

Am anderen Ende der Leitung pfiff jemand durch die Zähne.

»Das nenne ich Glück!«

»Mit wem spreche ich?«

»Hilal al-Murad, Zimmer 241. Auf der gesamten Etage fehlen Handtücher.«

Wenn ich Glück hatte, handelte es sich bei ihm um jenen Diener von Sultan Rasul, den Mariella erwähnt hatte. Ich hielt es für einen Versuch wert, ihn abseits der anderen zur Rede zu stellen.

»Sie kennen ja unsere Situation. Wenn ich Sie bitten dürfte, in ein paar Minuten zu mir in den Personalraum im ersten Stock zu kommen, könnte ich Ihnen frische Handtücher geben.«

Er überlegte eine Weile.

»Gut.«

So unauffällig wie möglich ging ich wieder in den ersten Stock hinunter.

45

Es klopfte. Hilal stand vor der Tür.

»Kommen Sie herein.«

Er trat ein, ich gab der Tür einen Stoß, um sie zu schließen. Verwundert drehte er sich um. Ohne Vorwarnung haute ich ihm die Faust in die Magengegend. Aus Erfahrung wusste ich, dass solche Ansagen nicht deutlich genug sein können. Mit einem Stöhnen sackte er zu Boden. Ich packte ihn und band ihm mit einer Vorhangkordel die Hände auf den Rücken. In der Schublade hatte ich beim Besteck ein altes Stilett mit Hirschhorngriff gefunden. Dass es bereits rostig war, verstärkte seine Wirkung. Zum Äußersten entschlossene Gewalttäter wie dem, den ich gerade darstellte, sind saubere Klingen zur Ausführung ihres Geschäfts vollkommen gleichgültig.

»Ich wiederhole ungern meine Fragen. Antworten Sie also klar, deutlich und ohne Umschweife.«

Den Schlag hatte er noch nicht verdaut, er lag da und röchelte. Meine Drohung ließ ihn sichtlich bleicher werden, er verdrehte die Augen nach oben wie ein stranguliertes Kalb.

»Wo sind Mariella und das Kind?«

»Ich weiß es nicht.«

Ich setzte ihm die Klinge an das Kinn. Panik erfasste ihn. Er schielte auf die rostige Klinge.

»Ich schwöre Ihnen bei allem, was mir heilig ist, dass ich es nicht weiß. Sie sind uns entkommen.«

Ich hielt einen Moment inne. Das war eine gute Nachricht.

»Wie ist das zugegangen?«

»Seine Exzellenz Taimur bin Said hat Leute ausgeschickt, die sie ergreifen und hierherbringen sollten. Bevor es jedoch in diesem Antiquitätenladen dazu kam, sind sie geflohen.«

Ich war unschlüssig, ob ich ihm glauben sollte. Aber es entsprach durchaus dem, was wir bei mir vorgefunden hatten. Außerdem war dieses Häuflein Elend so angstgeschüttelt, dass es nicht den Mut hatte, mich anzulügen. Aber wo waren die beiden nun?

»Sie sagen: Taimur. Wenn er der Drahtzieher ist, wo ist dann Sultan Rasul?«

Er keuchte und würgte, als würde man ihm die Luft abschnüren.

»Bitte geben Sie mir einen Schluck Wasser.«

Wenn nun also das Schlimmste nicht stattgefunden hatte, konnte ich wieder in den Modus der Mitmenschlichkeit zurückkehren. Ich füllte ein Glas, setzte es ihm an die Lippen und ließ ihn trinken.

»Ich höre.«

»Sultan Rasul ist abgesetzt. Man hat ihn in Arrest genommen.«

»Sein Bruder Taimur?«

Hilal nickte. Putsch nannte sich so etwas. Wenn Taimur sich hier in München befand, musste auch

Rasul noch hier sein. Ein Kampf unter Brüdern, weit entfernt von Ormus, dem Ort, um den es ging.

»Hier in diesem Hotel also.«

Sein Schweigen deutete ich als Zustimmung.

»Damals, vor ziemlich genau neun Monaten, bei diesem Empfang für das Senior Advisory Board, haben Sie noch Sultan Rasul gedient?«

Drohungen nutzen sich ab, wenn sie nicht in die Tat umgesetzt werden. Ich setzte ihm die Klinge erneut an den Hals.

»Ja.«

»Was ist an diesem Abend passiert?«

Er krümmte sich, und ich spürte seine Widerständigkeit. Ich drückte die Schneide an seine Halshaut. Sofort wurde er wieder gängig.

»Es gab Streit …«

»Wegen eines Schweizer Anwesens?«

»Und Sultan Rasul hat sich entschlossen, Taimur zu enterben. Mit seinem Leibarzt besprach er daraufhin die Idee, einen Nachkommen durch Leihmutterschaft zu zeugen. Die Vertrautheit mit Mariella hat ihn dann umdenken lassen. Sein Leibarzt kam und hat Mariella diskret untersucht …«

»Mit bestem Resultat offenbar.«

Hilal nickte.

»Und weiter?«

»Vereinbart war, dass ich einen Tee mit einem Betäubungsmittel bereite und ihn Mariella serviere. Das habe ich auch getan. Nicht vorhersehbar war allerdings, dass diese beiden hartnäckigen Gäste …«

»Friedl und Poschinger.«

»... ihre Gesellschaft suchten. So brach sie also auf dem Sofa neben diesen beiden sitzend zusammen. Sultan Rasul hat die Situation dann gerettet, indem er die beiden gebeten hat, Mariella mit unserer Hilfe nach nebenan in ein Zimmer zu schaffen, das wir für diesen Zweck vorbereitet hatten. So konnte der Leibarzt später doch noch die künstliche Befruchtung vornehmen.«

Das klang alles plausibel und passte auch mit dem zusammen, was mir Mariella und die beiden anderen erzählt hatten.

»Und Sie? Warum haben Sie die Seite gewechselt? Von Rasul zu Taimur?«

Er wiegte den Kopf und hielt dann inne. Jemand klopfte an die Tür.

»Ist da bitte jemand?«, fragte eine näselnde Frauenstimme.

Ich knebelte Hilal mit einem Handtuch und zog ihn beiseite. Dann öffnete ich die Tür. Der Schlag, den ich auf den Kopf erhielt, raubte mir augenblicklich das Bewusstsein.

46

Ich erwachte, weil mir jemand mit einem nassen Handtuch ins Gesicht schlug.

»Lass ihn!«

Man hatte mich auf einem Stuhl festgebunden, und ich war umgeben von arabischen Männern, die weiße Kopftücher und lange Gewänder trugen, bis auf einen, der einen aus bunten Tüchern gewundenen Turban auf dem Kopf hatte. Da er meinem Schergen befahl aufzuhören, musste es sich bei ihm um Taimur handeln.

»Guten Tag, Gossec.«

Sein Deutsch wies eine leichte Schweizer Färbung auf.

»Wo sind sie?«

Ich war noch nicht ganz bei mir. Aber wie ein Lichtstrahl durchbrach die Erkenntnis meine vernebelten Gedanken, dass seine Frage die Bestätigung einer guten Nachricht war. Mariella und Joshua waren entkommen und befanden sich hoffentlich sogar in Sicherheit.

Ich zuckte die Achseln. Dafür bekam ich zwei peitschende Schläge mit dem nassen Handtuch übergezogen.

»Antworte, wenn du von Seiner Hoheit gefragt wirst!«

Vielleicht waren es noch die Nachwirkungen meiner Bewusstlosigkeit, aber ich brachte keine Kraft auf, die Bedrohung ernst zu nehmen. In mir herrschte eine große Gleichgültigkeit. Das Leben war ein Spiel. Dazu gehörte, dass Schergen so reden mussten wie der.

»Wenn ich es wüsste, wäre ich nicht hier, sondern bei Mariella und Joshua.«

Diese komplexe Aussage verdiente eine längere Betrachtung. Man überlegte.

»Von vorne. Wie bist du hierhergekommen?«

»Ich kam von einem Krankenhausbesuch in meinen Laden zurück. Meine Wohnung war leer, die Hintertür aufgebrochen ...«

Einer der anwesenden Männern nickte.

»... niemand war mehr da. Man hatte meine Habseligkeiten durchwühlt und sich davongemacht. Also bin ich hinterher und auf dieser Spur in das Hotel gelangt. Nun bin ich hier, um Sie dasselbe zu fragen: Wo sind die beiden?«

Wieder bekam ich zwei Schläge.

»Seine Hoheit beantwortet keine Fragen von dir.«

Jedes Spiel hatte seine eigenen Regeln. Zu denen gehörte, dass arabischen Schergen Rückfragen unangenehm waren.

»Wer unterstützt dich?«

Ich zuckte die Achseln. Ein Fehler. Ich hatte doch vorhin auf dem Gang gehört, wie wortreich und ausführlich die landesübliche Rede zu sein hatte. Das Lakonische war ihre Sache nicht, prompt erhielt ich Schläge.

»Niemand. Ich handle in eigenem Auftrag und immer alleine.«

»Lüge!«

Wieder schlug der Scherge zu.

»Jetzt mal herhören!«, schrie ich. »Ich bin in Ihrer Hand und damit allen Ihren Gewalttätigkeiten ausgeliefert. Aus Erfahrung weiß ich, dass Geständnisse meine Lage nicht unbedingt verbessern. Stellen Sie also Ihre Prügeleien ein, oder ich werde überhaupt nichts mehr sagen.«

»Lass ihn!«

Taimur hob die Hand, um seinen Büttel zu stoppen.

»Zeigt ihm die Fotos.«

Ein weiterer Mann aus dem mich umgebenden Kreis hielt mir ein Papier vor, das wie ein Steckbrief aussah. Auf ihm erkannte ich Hamad, Anis und Sharif.

»Kennst du diese Männer?«

Ich schüttelte den Kopf. Taimur hob nochmals die Hand, um weitere Züchtigungen zu verhindern.

»Kühlt ihn ab!«

Sie packten mich, schleiften mich ins Badezimmer und übergossen mich dort mit Wasser. Dann trugen sie mich an das Ende des Gangs. Dort öffneten sie die Tür zum Balkon und setzten mich in den Schnee.

»Wenn du etwas sagen möchtest, klopf einfach an die Fensterscheibe!«

Sie verschränkten ihre Arme und rieben sie, eine gehässige Geste, um anzudeuten, wie kalt es ihnen schon nach kurzer Zeit geworden war. Dann schlossen sie die Tür und ließen mich allein.

47

Ich saß in einem Schneehaufen und schlotterte an allen Gliedern. Meine Hände und Beine waren gefesselt. Ich wusste, dass ich nur eine kurze Zeit hatte, mich zu befreien. Später würde mich das Muskelzittern bewegungsunfähig machen. Schon jetzt schüttelten mich heftige, unwillkürliche Konvulsionen durch. Mein Brustkorb zog sich stoßweise zusammen. Dennoch gelang es mir, den Knoten am Knöchel zu lösen. Nun konnte ich wenigstens in Bewegung bleiben. Wie ein Derwisch hüpfte ich auf und ab, bewegte die Beine im Stand, als würde ich rennen. Dabei sah ich mich um, ob es etwas gab, mit dem ich mich zudecken konnte. Am Boden lag ein zusammengerollter Teppich. Mit den Füßen versuchte ich, ihn mir zurechtzumachen. Als ich ihn aus der Ecke geschoben und ein wenig auseinandergelegt hatte, bemerkte ich, dass ein lebloser Körper darin lag. Es handelte sich um einen älteren Mann, arabisch gekleidet wie meine Peiniger. Ich war sicher, dass ich die Leiche von Sultan Rasul vor mir hatte. Mit noch größerer Anstrengung bewegte ich mich auf der Stelle und schlug um mich. Schließlich versuchte ich, meine Hände an einer der scharfen Betonkanten freizumachen. Der Frost drückte mir mit eisiger Faust den Leib zusammen, hielt mich umschlossen und versetzte mir Hiebe, die mich hin und her warfen. Aber ich rieb und arbeitete an dem gezackten Rand und riss mir dabei die Arme auf. Schließlich waren die Fesseln durchgeschnitten.

Ich hüpfte und rannte an der Balkonbrüstung entlang, sah dabei hinunter und prüfte, ob ich nach unten entkommen konnte. Aber da war nichts, was mich aufgefangen hätte. Mein Herz raste, ich hechelte bereits wie ein Hund. Ich vollführte Klimmzüge, versuchte, eine der Metallstreben der Markise herauszureißen, aber alles war vergeblich. Mehr und mehr ergriff die Kälte von mir Besitz, meine Hände und Füße wurden gefühllos, das Leben verkroch sich in das Körperinnere.

Dann erlosch mein Interesse an diesem Überlebenskampf. Ich wurde apathisch, fühlte eine tiefe Müdigkeit in mir aufsteigen. Auch das Muskelzittern ließ nach, und an meinen blutigen Armen verspürte ich keine Schmerzen mehr. Meine Gedanken verlangsamten sich, poppten aus irgendeiner Tiefe meines Bewusstseins auf, stiegen hoch in das Firmament meiner Schädeldecke, und spätestens dort erkannte ich, dass sie bedeutungslos waren wie alles andere auch.

Doch dann kamen sie endlich, wunderbar friedvolle Visionen und mit ihnen umfassender Trost.

48

Ich klingelte. Neben der Tür war ein Namensschild angebracht, auf dem *Mariella* und *Joschka Zimmermann* zu lesen war.

»Komm rein«, sagte Mariella. »Schön, dass du uns wieder einmal besuchst.«

Ich küsste sie auf beide Wangen, vorsichtig, mit spitzen Lippen, denn eigentlich stand es mir gar nicht zu, eine so schöne Frau zu küssen. Sie bemerkte meine Zurückhaltung und gab mir einen Klaps auf die Wange. Neugierig kroch Joshua aus einem der Zimmer, emsig und flink wie eine Raupe. Er sah mich, hielt inne und richtete sich auf, sodass er zum Sitzen kam. Was er dann sagte, war ein Mittelding aus *Oppa* und *Appa*, bezeichnete aber ganz gewiss mich und würde im Lauf der Zeit ein gediegen schimmerndes *Opa* werden.

Alten Männern wie mir treibt das sofort das Wasser in die Augen. Nichts rührt uns inwendig verdorbene, seelisch mit allen Lastern imprägnierte Kerle so sehr wie ein Kind, das in seiner Unschuld nur das Gute an uns sieht. Das Böse und Widerwärtige ist bei ihnen nicht ausgeblendet, sie kennen solche menschlichen Abgründe überhaupt nicht. Plötzlich steht man da und blickt in ihre klaren Augen wie in einen blank polierten Spiegel, in dem ein freundlicher älterer Herr zu sehen ist, aus dessen Runzeln und Falten einem der Weltfrieden entgegenlächelt. Freilich ist man gewieft genug, um zu verstehen, dass das alles so nicht wahr ist. Dennoch erneuert sich darin eine Idee des Gutseinkönnens, die man in seiner ganzen Abgefundenheit nicht mehr zu denken wagt.

So hielt ich Joshua kurzzeitig im Arm. Er patschte und zerrte an meinem Gesicht, vor allem an seinen Ausbuchtungen, dann war man familiär eingemeindet und die Brust der Mutter der attraktivere Aufenthaltsort. Nun rannten aber auch Joshuas Brüder aus ihrem Zimmer und hielten auf mich zu. Ich nahm Haltung an, um nicht schon im ersten Anprall von ihnen umgeworfen zu werden. Beide waren in dem Alter, in dem nichts mehr interessiert als Fragen, um wie viel Stahl widerstandsfähiger als Holz und Blei schwerer als Federn ist und wie großer Anstrengung es bedarf, einen Erwachsenen aus den Schuhen zu kippen.

Später saßen wir dann noch in der Küche zusammen, die Joschka selbst ganz aus Holz gebaut hatte. Ich bekam einen Espresso und hörte mir gerne an, wie geordnet und ruhig, abgesehen von kleinen Krisen und Kinderkrankheiten, das Leben der Familie dahinfloss.

Vor seinem Tod hatte Sultan Rasul einen Brief an Mariella auf den Weg gebracht, in dem er den unmöglichen Erklärungsversuch unternahm, Mariella benutzen zu dürfen. Dieser Brief war ebenso umständlich wie staatstragend; er berührte Pflichten und Ziele, die zwar für ihn, aber niemanden sonst gelten konnten. Mit dem Erhalt ihrer Jungfrauschaft habe er zeigen wollen, dass es ihm stets um höhere Ziele gegangen sei. Es habe sich nie um Leidenschaft oder sonst eine Form der Beziehung gehandelt, sondern ausschließlich darum, dem Volk von Ormus einen Herrscher zu geben. Die besonderen Umstände und die Form dieser Zeugung adelten nicht nur die Motive der Eltern, sondern erhöhten auch das Kind. Natürlich habe er dafür Sorge getragen, dass es Mariella und dem Kind wie auch ihrer ganzen Familie an nichts mangeln werde.

Kompensationen konnten nichts ungeschehen machen, und ob Sultan Rasuls Tod, den er eben wegen jener Aktion hatte hinnehmen müssen, einen gerechten Ausgleich darstellte, war eine Frage, die ich Mariella nie vorzulegen wagte.

Gegen Abend kam dann auch Joschka aus seiner Schreinerei, und endlich stellte mir jemand ein Bier hin. Mariella brachte die Kinder zu Bett, Joschka wusch sich. Ich saß alleine da und blickte zum Küchenfenster hinaus. Die Dämmerung überzog die Häuser mit ihrem Grau, und hinten am Horizont glitzerte ein Licht, im besten Fall der Abendstern, wenn ich ihn nicht wieder mit einem Flugzeug verwechselte. Die Bedeutungsspanne, die sich zwischen dem Kosmischen und dem Alltäglichen auftut, sorgt bei mir für eine geradezu meditative Ruhe. Logischerweise fror das Bild ein und blieb so stehen.

49

Es waren sicherlich kräftige Ohrfeigen, die man mir verpasste, aber ich spürte kaum noch Schmerz. Allerdings wurde ich davon wach und öffnete die Augen. Verschwommen nahm ich Sharif wahr. Ich selbst lag weich, eingepackt in Decken und Federbetten.

»Hören Sie mich?«

Ich nickte in der guten Hoffnung, dass ich dafür nicht mehr geschlagen wurde. Noch einmal gab ich mir Mühe, das Gesicht zu fixieren, um festzustellen, wer sich da über mich beugte. Es war wirklich Sharif.

»Sultan Rasul …«, sagte ich.

Sharif hob beide Hände wie zu einem Stoßgebet und bedeckte dann seine Augen. Eine kurze, schmerzvolle Geste.

»Das ganze Stockwerk …«

Er nickte.

»Ich bin nicht ohne Hilfe. Wir haben die Oberhand zurückgewonnen. Einen Sultan Taimur wird es nicht geben.«

Ich lauschte. Mir war, als gäbe es draußen ein Handgemenge.

»Nichts von Bedeutung. Die meisten haben ihren Irrtum erkannt und sind zu uns übergelaufen.«

»Was ist mit Mariella und Joshua?«

Sharif lächelte.

»Joschka kam zu Besuch in Ihre Wohnung. Ein

Glücksfall. Als sie das Rumoren an der Hintertür hörten, haben sie rasch ein paar Kleidungsstücke zusammengerafft und sind geflohen. Zum Vorderausgang hinaus. Als Taimurs Leute von hinten her eindrangen, waren sie bereits weg. Sie sind mit den örtlichen Verhältnissen wohlvertraut, und so langten sie sicher bei Joschka in seiner Wohnung an. Er hatte ohnehin alles vorbereitet, um die beiden aufzunehmen.«

Ich nickte und fühlte mich erleichtert.

»Keine Gefahr?«

»Nein.«

Ich spürte nun einen Ruck, einen vitalen Schub, der das erlöschende Leben in mir wieder in Gang brachte. Zugleich kam der Schmerz aus dem Körperinneren in meine wiedererwachenden Gliedmaße zurückgekrochen. Es war ein Stechen und Ziehen, als würden meine Nervenstränge mit Nadeln und Zangen traktiert.

»Wo bin ich?«

»In Sicherheit und gut bewacht. Sie dürfen das Bett nicht verlassen. Ihre Körpertemperatur muss langsam wieder ansteigen, sagt Hamad. Er hat Sie hier versorgt. Und trinken Sie von dem heißen Tee.«

Er goss ein und setzte mir die Tasse an die Lippen.

»Auf keinen Fall dürfen Sie sich Rosskuren wie einem heißen Bad oder Ähnlichem unterziehen. Hören Sie auf Hamad!«

Mir war auch nicht danach zumute. Ich war einfach nur erschöpft und ruhebedürftig. Sharif drehte, so sah ich noch, den Heizkörper weiter auf, dann schlief ich wieder ein.

50

Wie lange ich in meinem unterkühlten Dämmerzustand verharrte, konnte ich nicht mehr feststellen. Mein Zeitvermögen war verloren gegangen. Man sah nach mir, befühlte meine Stirn, brachte frischen Tee, alles blieb so unwirklich wie Traumbilder. Als ich dann endgültig erwachte, bemerkte ich, dass ich unter einer Unzahl von Decken begraben lag, und als ich mich aufrichtete und mein Gesicht befühlte, stellte ich fest, dass mir heiß war. Tatsächlich hatte ich einen roten Kopf und war verschwitzt. Ich war aus der Eiswüste wieder zurückgekehrt.

Offenbar lag ich in einem der Hotelzimmer des City Astoria. Auf dem Tisch standen Tee und ein Teller mit Sandwiches. Zunächst jedoch nahm ich eine Dusche, ließ das warme Wasser an mir hinunterperlen und wollte mich kaum von dieser Annehmlichkeit trennen. Beim Abtrocknen fiel mir auf, dass der große Zeh und die Kuppe des kleinen Fingers gefühllos waren. Mit großem Appetit aß ich die bereitgestellten Sandwiches auf.

Und nun?

Ich horchte in mich hinein. Meine Gefühlslage entsprach am ehesten der vor einer großen Reise. Alles war vorbereitet, weitgehend jedenfalls, nur etwas stand noch aus. Ein letzter Koffer war noch zu packen. Allerdings hatte ich keine Idee, welcher Art die Aufgabe sein könnte, die zu erledigen war.

Vorsichtig öffnete ich die Tür. Draußen war alles ruhig. Das ganze Stockwerk war, so weit ich sehen konnte, leer. Ich brachte mein Zimmer in Ordnung. Falls jemand nach mir sehen sollte, würde er verstehen, dass ich einen freiwilligen Rückzug angetreten hatte. In meiner Tasche steckte noch die Universalkarte, ich konnte mir also den Rest meiner Habseligkeiten aus dem Personalraum im ersten Stock abholen.

Einige Zimmertüren standen offen. Die Betten waren abgezogen, alles deutete darauf hin, dass bald der Zimmerservice kommen würde, um die Räume herzurichten. Mantel, Moonboots und Rucksack fanden sich so im Personalraum, wie ich sie zurückgelassen hatte. Auch unten im Foyer war alles unverändert dunkel und unbelebt. Nicht einmal in der Portiersloge brannte mehr Licht. Die Tristesse dieser Szenerie packte mich, Schwermut ergriff Besitz von mir. Sie tauchte alles in Blau, machte so die Gegensätze verwandt und zeigte, dass alles nur eine Station darstellte, einen Übergang zur nächsten. Aber Schwermut war auch gefährlich, sie breitete sich wie ein Tropfen starkes Gift in einem Becher Wasser aus. Einen wie mich schwächte sie; ich brauche Bewegung und Aktion, um zu mir zu kommen.

Die große, silbrige Espressomaschine mit ihrem an- und abschwellenden Rotlicht war eine Verheißung auf Besserung. Sofort erlag ich der Versuchung, mir noch einen letzten Kick zu geben, bevor ich mich wieder ins Freie begab. Ich stand an der Bar und trank den starken Kaffee. Mein Herz machte einen Sprung und lief deutlich höher getaktet weiter. Ich sah klarer, die Konturen wurden schärfer. So konnte ich ganz deutlich eine hochgewachsene Gestalt ausmachen, die ruhig, ohne eine Spur von Angst aus dem Speisesaal heraustrat, sich an der Tür noch einmal nach mir umwandte und dann verschwand.

Schlagartig wusste ich, dass ich auf ihn gewartet hatte. Ich lief ihm hinterher.

51

Ich rannte, nein, ich versuchte es nur. Wie in einem schlechten Traum kam ich trotz aller Anstrengung nicht vom Fleck. Ich watete im Schnee, einer zähen Masse, die meinen Schritt behinderte, und sah, wie mich der Kerl mühelos auf Distanz hielt. Sein Gang war geschmeidig, auch sonst wirkte er kraftvoll. Ich hingegen schwitzte, keuchte und arbeitete gegen unsichtbare Widerstände an. Er war stark, ich hinfällig.

Doch dann, als wir den Marienplatz umrundet hatten, schöpfte ich Hoffnung. Um die Ecke kommend, bemerkte ich gerade noch, wie er an der Peterskirche schattengleich in den Aufgang zum Turm schlüpfte. Vielleicht hoffte er, sich meiner Verfolgung endgültig entziehen zu können.

Ich atmete ein paarmal durch, bevor ich mich daranmachte, ihm zu folgen. In der Gewissheit, ihn stellen zu können, nahm ich die Stufen mit Bedacht. Von oben schlug die Glocke. Die Holztreppe vibrierte noch, als ich das Gestühl durchquerte. Dann, ganz plötzlich aus dem Dunkeln an mich herantretend, hatte ich ihn vor mir. Ich erschrak, schrie auf und erkannte im selben Moment, dass ich es selbst war. Größer, derber, gemeiner und niederträchtiger, aber ganz zweifellos ich. So blitzartig wie mir diese Selbstbegegnung widerfahren war, verschwand sie auch wieder.

Als ich oben auf der Plattform anlangte, war alles friedlich. München lag mir zu Füßen wie eine Schneeskulptur. Mein Atem wurde zu einem weißen Wölkchen und verflüchtigte sich dann. Als ich den Turm umrundete, sah ich an der Ecke eine vermummte Gestalt lehnen. Ich packte sie an der Schulter und zog sie herum.

»Servus, Gossec«, sagte Michi.

Das Verhuschte und Gequälte war aus seinem Gesicht verschwunden. Mit seinem langen Mantel und der Decke über der Schulter wirkte er eher wie ein Schafhirte.

»Da hast du dir ja ein nettes Krippenspiel ausgedacht. Und viel dabei erlebt, oder?«

Er lachte.

»Aber die Frage ist doch: Hast du es jetzt kapiert?«

»Was?«

»Das Böse ist unser ständiger Begleiter, für dich wie für jeden anderen auch. In jedem Moment und immer wieder neu kannst du dich für das eine oder das andere entscheiden. Und für alles dazwischen.«

Er klopfte mir an die Brust.

»Haut für Haut, und alles was ein Mann hat, lässt er für sein Leben?«

»Wer sagt das?«

»Der Teufel, weil er fest daran glaubt, dass er dich rumkriegt.«

»Irrtum!«

»Aber es bleibt ein ständiger Kampf. Schon deswegen schaffen wir das nie aus der Welt, verstehst du?«

Schlagartig erinnerte ich mich. Ich hatte diese Frage gestellt und nun die Antwort bekommen.

»Nicht irgendjemand, sondern du selbst bist dafür zuständig. Insgesamt hast du das nicht schlecht gelöst, da war viel Gutes dabei. Aber ehrlich, Gossec, vieles hätte man auch besser machen können, oder?«

»Freilich, Luft nach oben gibt es immer.«

Michi nickte. Er wandte sich der Stadt zu, deren Ecken und Kanten durch den Schnee so sanft gerundet waren.

»Und was machen wir jetzt? Glaubst du, dass es die zehn Gerechten dort unten gibt?«

Ich erschrak. So bibelfest war sogar ich, um zu wissen, dass sich in Sodom und Gomorrha keine zehn redlichen Leute fanden. Der Herr fackelte nicht lange, ließ Schwefel und Feuer auf die Städte regnen und löschte sie aus. Mit Michi war nicht zu spaßen, das hatte ich schon verstanden. Sein Kontakt nach oben war ziemlich gut. Aber sollte ich derjenige sein, der dafür sorgte, dass München zu seiner 860-Jahr-Feier vom Erdboden verschwand? Mir wurde mulmig, vor allem, wo die Stadt jetzt so schön friedlich vor mir lag. Wo alles Böse und aller Hader nach bayerischer Art versorgt war, weiß zugedeckt nämlich. Was wäre danach an der Stelle von München? Ein Schotterloch? Und das Oktoberfest ginge nach Freising? Die Braukunst zurück nach Einbeck? Die Semmeln vom Bachl und die Landjäger vom Schöllinger wären für immer verloren? Das brachte ich nicht über mich.

Michi musterte mich und haute mir dann derb auf die Schulter.

»Habe ich mir schon gedacht.«

Da hätte ich nun einmal Macht und Möglichkeit gehabt, gründlich dreinzufahren, und dann verließ mich aller Mut. Wie kam ich überhaupt dazu, solche Entscheidungen verfügen zu können? Welche Existenz kam mir überhaupt noch zu?

»Frag schon!«

»Bin ich jetzt schon tot, oder lebe ich noch?«

»Das müsste man ausprobieren.«

Michi trat an das Gitter, das die Aussichtsplattform umgab, und zog, mühelos wie ein lockeres Netz, die Metallstäbe auseinander. Ich sah ihn an, er nickte.

Ohne zu zögern, sprang ich hinunter. Im Gleiten und Schweben fühlte ich nichts außer Glück.

NACHWORT

»Schneekönig« ist nun der sechste Band meiner Krimiserie um den Trödelhändler Wilhelm Gossec. Neben der Arbeit an den Romanen habe ich Lyrics geschrieben, die den Geist der Bücher auf andere Weise thematisiert haben: hart hingehauen, ordentlich eingesteckt, geschimpft, gelacht, geweint, an sich und der Welt verzweifelnd. Daraus wäre nie etwas geworden, wenn sich nicht Schorsch Hampel, der Münchner Bluespoet, der Texte angenommen hätte. Skrupulös, wie er ist, ist er darum herumgeschlichen, musste sich erst von ihrer Ernsthaftigkeit überzeugen und hat dann aber – mit Verlaub! – seine schönste Musik dazugesetzt: innig, klar und geschmeidig, wie es eben der Blues ist, der in ihm drinnen sitzt. Seine Musik macht's, sie kommt inzwischen gereift und lebensklug und veredelt die Texte. Ich liebe solche Musik seit den Sechziger-, Siebzigerjahren, mit diesem Projekt erfüllt sich ein Jugendtraum, die CD mit der eigenen Band, mit drei hochkarätigen Musikern: Schorsch Hampel (Gitarre, Gesang), Dr. Will (Drums, Gesang) und Robert Landinger (Gitarre). Ich selber spiele in dieser tollen Besetzung den Bass. Meine Texte sind bayerisch, Blues in Hochdeutsch geht gar nicht, und englische Texte sind nicht mein Metier. Wir haben uns bemüht, mit unserer Musik und unseren Texten etwas Poetisches zu schaffen, das die Hörer und Leser nicht mit dem Jodelbarock der bayerischen Welle verwechseln werden. Ich danke Schorsch und seinen Freunden, die uns geholfen haben, dieses Projekt zu einem guten Ende zu bringen.

Der Soundtrack mit acht Songs ist bei BSC Music (www.bscmusic.com) erschienen und von Oktober 2018 an als CD und Download bei allen namhaften Anbietern verfügbar.

**MAX BRONSKI BAND, MÜNCHEN BLUES –
DER SOUNDTRACK ZUM BUCH**